비곗덩어리

비곗덩어리

Look yourself

모파상 단편집 최내경 옮김

look at yourself 02
책읽는고양이

차례

비곗덩어리 —— 7

비곗덩어리

연이어 며칠 동안, 패잔병들이 누더기를 이어붙인 듯 무리를 지어 도시를 지나갔다. 제대로 된 부대가 아닌, 오합지졸이었다. 병사들은 수염이 길게 자라 지저분했으며, 군복은 너덜너덜했다. 무기력한 기색이 역력한 모습으로 깃발도 없고 대형도 갖추지 않은 채 터벅터벅 걸을 뿐이었다. 그들은 너무 피곤해서 어떤 생각이나 결심을 할 겨를도 없이 그저 습관적으로 발걸음을 옮겼으며, 일단 멈추기라도 하면 금방이라도 쓰러질 것만 같았다. 특히 강제로 동원된 병사들이 눈에 띄었다. 그들은 평화를 사랑하며 편안하게 살던 연금 생활자들이었지만, 지금은

짊어진 총의 무게 때문에 등이 굽어 있었다. 기민한 청년 유격대원들도 있었는데, 그들은 쉽게 공포에 사로잡히다 가도 순식간에 열광하며 공격만큼이나 후퇴에도 항상 준비가 되어 있었다. 그중에는 어느 큰 전투에서 궤멸된 사단의 패잔병인 듯 붉은 바지를 입은 병사도 끼어 있었다. 또 음울한 표정을 짓고 있는 포병들도 이 잡다한 보병들과 함께 열을 지어 걸어갔다. 그리고 무거운 발걸음을 이끌며 전열보병대의 뒤를 힘겹게 따라가는 용기병의 번쩍거리는 철모도 보였다.

'패배의 보복자'니 '무덤의 시민'이니 '죽음의 분배자' 같은 거창한 이름이 붙은, 산적 떼 비슷한 행색의 의용군 부대가 그 뒤를 따랐다.

그들의 대장은 임시 전투원으로 나섰다가 재산이 많거나 수염이 길다는 이유로 장교에 임명된 왕년의 포목상 또는 곡물상, 기름 장수, 비누 장수 들이었다. 그들은 무기와 계급장, 금줄로 뒤덮인 채 큰 소리로 작전을 짜며, 죽어가는 프랑스를 어깨로 떠받치고 있는 것은 자신들뿐이라고 호기롭게 주장했다. 그러나 그중에는 만행을 저지르고 약탈과 방탕을 일삼는, 악질적인 부하들을 두려워하는 사람이 많았다.

프로이센군이 곧 루앙에 들이닥칠 거라는 소문이 나돌았다.

국민군은 두 달 전부터 인근 숲을 아주 조심스럽게 정찰하거나 가끔 자신들의 보초한테 총을 쏘기도 했으며, 덤불 밑에서 작은 토끼 한 마리가 움직이기만 해도 전투 태세를 갖췄다. 그런데 그나마도 이젠 모두 제 집으로 돌아가버렸다. 그들이 사용하던 무기나 군복뿐만 아니라 최근 반경 12킬로미터 이내의 국도 주변에서 공포를 불러일으킨 살상 무기도 갑자기 모두 사라졌다.

마지막 남은 프랑스 병사들도 마침내 센 강을 건너 생스베르와 부르 아샤르를 거쳐 퐁 오드메르로 향했다. 장군은 맨 뒤에서 깊은 절망에 빠져 멍한 정신으로 두 부관 사이에서 걷고 있었다. 이런 오합지졸을 데리고 무엇 하나 시도해볼 수 없었고, 승리에만 익숙한 그의 전설적인 용맹에도 불구하고 비참하게 패배했기 때문이다.

그러고는 깊은 정적과 공포에 질린 소리 없는 기대가 도시를 맴돌았다. 장사로 말미암아 나약해진 배불뚝이 중산층 대부분은 불안해하며 정복자들을 기다렸고, 자신들의 집에 있는 고기 굽는 꼬챙이와 대형 식칼을 무기로 여기지나 않을까 걱정했다.

삶이 멈춰버린 듯했다. 모든 가게는 문을 닫았고, 거리는 조용했다. 이따금 한 주민이 침묵에 겁먹은 채 벽에 바짝 붙어 급히 내달리곤 했다.

기다림을 수반한 극도의 불안으로 사람들은 차라리 적이 어서 당도하기를 바랐다.

프랑스군이 철수한 다음날 오후, 어디선가 나타난 몇 명의 프로이센 창기병이 신속하게 도시를 가로질렀다. 그리고 얼마 지나지 않아 한 무리의 검은 제복이 생카트린 쪽에서 내려왔고, 또 다른 침략자들이 두 줄기 물결처럼 다르느탈과 부와기욤 가에서 각각 나타났다. 세 부대의 전초대가 바로 그 시간에 시청앞 광장에서 합류했다. 그리고 부근의 모든 도로를 통해 프로이센군이 둔탁한 군화 소리로 포장도로를 울리며 질서 정연하게 발을 맞춰 차례로 도착했다.

목에 뭔가 걸린 듯 알 수 없는 목소리로 외치는 구령이 인기척 없는 집들을 따라 올라왔다. 그러는 사이 닫힌 덧문 뒤에서는 눈동자들이 '전쟁의 권리'에 의해 이 도시와 재산, 생명의 주인이 된 승리자들을 엿보고 있었다. 컴컴한 방 안에 틀어박힌 주민들은 온갖 지혜와 힘도 소용없는 대홍수나 살인적인 대지진이 가져다주는 것과 같은 공포에 사로잡혀 있었다. 그러한 느낌은, 기존 질서가 무너지고 더 이상 안전이 존재하지 않을 때, 인간의 규범이나 자연의 법칙이 보호하던 모든 것이 무의식적이고 잔인한 폭력에 휘둘릴 때면 다시 나타나게 마련이다. 무너져내리는 집 밑에 주민 전체를 깔아뭉개는 지진, 죽은 소나 지붕에서 뽑힌 들보와 함께 익사한 농민들을 휩쓸어가는 홍수, 저항하는 자는 학살하고 그렇지 않은 자는 포로로 끌고 가며, 칼을 휘둘러 약탈하고도 대포 소리를 들으면서 신에게 감사하는 영예로운 군대, 이런 것들은 영원한 정의에 대한 모든 신념과 학교에서 배운 하늘의 가호와 인간의 이성에 대한 신뢰를 뒤틀어놓는 무서운 재앙이다.

분대별로 집집마다 문을 두드려 집안으로 들어갔다. 침략 다음에 시작되는 점령이자 정복자에게 고분고분해야 하는 패자의 의무가 시작된 것이다.

얼마간의 시간이 지나고 처음의 공포가 사라지자 다시 평온해졌다. 많은 집에서 프로이센 장교가 식탁에 합석했다. 개중에는 예의 바른 사람도 있어서 예의상 프랑스를 동정하며 이런 전쟁에 참여하는 것이 혐오스럽다고 말하기도 했다. 그러면 사람들은 그 배려에 감사했다. 게

다가 언제일지 모르지만, 그의 보호가 필요하게 될지도 모를 일이다. 그의 비위를 맞춰주면 식사를 제공해야 할 사람을 몇 사람쯤 덜 받을지도 모른다. 더구나 전적으로 복종해야 할 사람의 기분을 망치는 것은 용감하기보다 경솔한 일이 될 것이다. 영웅적인 방어로 도시의 이름을 드높인 그런 무모함은 이제 루앙 시민의 결점이 아닌 것이다. 마침내 사람들은 프랑스의 세련된 예절에서 최고의 구실을 끌어냈다. 공공장소에서만 친하게 보이지 않는다면, 집 안에서 공손하게 대하는 것은 괜찮지 않을까 생각하게 되었다. 그래서 외부에서는 서로 아는 체하지 않았지만, 집 안에서는 기꺼이 그들과 이야기를 나누었다. 프로이센 군인은 매일 저녁 점점 더 오래 머무르면서 화롯불에 같이 몸을 녹였다.

도시 자체도 점점 일상으로 돌아갔다. 그래도 프랑스인들은 아직까지 거의 외출하지 않았고, 거리에는 프로이센 병사들로 우글거렸다. 게다가 커다란 살상 무기를 거만하게 땅에 끌고 다니는 푸른 제복의 경기병 장교들도, 지난해 같은 카페에서 술을 마시던 프랑스 엽기병(獵騎兵) 장교들과 비교할 때 일반 시민에 대한 멸시가 심한 것 같지는 않았다.

그러나 뭔가 알 수 없는 미묘한 공기가 다니고 있었다. 견디기 힘든 낯선 분위기, 침략의 냄새가 악취 퍼지듯 감돌았던 것이다. 그 냄새는 집 안은 물론, 공공장소마다 가득 차서 음식맛을 변하게 했으며, 야만족이 살고 있는 머나먼 나라에 온 듯한 느낌을 주었다.

주민들은 정복자들이 많은 돈을 요구할 때마다 내주었다. 하긴 그들은 부유했다. 그러나 노르망디의 상인은 부유할수록 자신이 손해 보는 것에 대해, 재산의 아주 작은 부분이라도 남의 손에 넘어가는 것에 큰 고통을 느꼈다.

도시에서 8~12킬로미터 정도 강물을 따라 크루아세나 디에프달 또는 비에사르 방향으로 내려간 곳에서는 뱃사공과 어부들이 강바닥에서 종종 프로이센 병사의 시체를 건져냈다. 칼에 찔리거나 발길에 차여 죽은, 돌에 머리가 으깨지거나 높은 다리에서 떠밀려 물에 빠진 군복 차림의 시체들은 물에 퉁퉁 불어 있었다. 강바닥의 진흙은 이 음산하고 야만적이면서도 정당한 복수를, 알려지지 않은 영웅적 행동을 대낮의 전투보다 위험하고 영광스러운 명성도 없는, 말없는 공격을 파묻어버렸다. 어떤 이념을 위해 죽을 각오가 된 몇몇 용감한 사람들은 언제나 외국인에 대한 증오심으로 무장하기 때문이다.

침략자들은 엄격한 규율로 도시를 옭아맸다. 그러나 개선 행진 중 저질러 유명해진 그런 끔찍한 행위가 그 뒤로는 전혀 되풀이되지 않았기에 사람들은 점점 대담해졌다. 마침내 이 고장 상인들의 마음속에 다시 장사를 하고 싶은 욕구가 생겼다. 그중 일부는 아직 프랑스군이 장악하고 있는 르아브르와 큰 거래를 하고 있었다. 그래서 그들은 디에프까지 육로로 간 다음, 배를 타고 그 항구에 가 보려고 했다.

사람들은 미리 사귀어둔 프로이센 장교의 힘을 빌려 총사령관에게 여행 허가를 받았다. 그에 따라 네 마리의 말이 끄는 커다란 승합마차 한 대가 마련되었고, 열 사람이 여행에 참가하기로 하고 마차 회사에 이름을 등록했다. 출발 시간은 사람들이 모여드는 시간을 피해 화요일 이른 새벽으로 결정되었다. 얼마 전부터 추위로 땅이 얼어붙었으며, 월요일 3시에는 북쪽에서 밀려온 커다란 먹구름과 함께 눈이 내리기 시작해 밤새도록 그치지 않았다.

새벽 4시 30분, 여행객들이 마차를 타기로 되어 있는 노르망디 호텔 안뜰에 모였다. 잠에서 덜 깬 그들은 담요를 뒤집어쓴 채 추위에 떨고 있었다. 어두워서 서로가 잘 보이지 않았다. 게다가 겹겹이 껴입은 무거운 겨울옷 때문에 모두 긴 사제복을 걸친 뚱뚱한 신부처럼 보였다. 그 와중에 두 사람이 서로를 알아보았고, 세 번째 사람이 그들에게 다가오더니 말했다.

"저는 아내를 데려갈 겁니다."

다른 한 사람이 말했다.

"저도 그렇습니다."

"저 역시 그래요."

첫 번째 사람이 덧붙였다.

"우린 루앙에 다시 돌아오지 않을 겁니다. 프로이센군이 르아브르까지 진격하면 영국으로 갈 겁니다."

비슷한 기질을 지닌 사람들이라 모두 똑같은 계획을 가지고 있었다.

그런데 아직까지도 마차에 말이 매여 있지 않았다. 마구간 일꾼이 들고 있는 작은 등불이 간혹 어두컴컴한 문에서 나왔다가 다른 문으로 사라졌다. 말들이 발을 굴러 바닥을 쳤지만 말똥 섞인 짚 때문에 소리가 나지 않았다. 건물 안쪽에서 뭐라고 말하며 말들에게 욕설을 퍼붓는 소리가 들려왔다. 가볍게 속삭이는 방울 소리로 봐서는 누군가가 마구를 챙기고 있다는 것을 알 수 있었다. 그 소리는 짐승의 움직임에 따라 규칙적으로 계속되는 분명한 떨림으로 바뀌었다가 간혹 멈추더니, 편자를 박은 말굽으로 땅을 차는 둔탁한 소리와 함께 갑작스럽게 요동치며 다시 시작되었다.

별안간 문이 닫혔다. 모든 소리가 그쳤다. 몸이 얼어붙은 여행객들은 침묵을 지키며 꼼짝도 하지 않고 뻣뻣이 서 있었다.

하염없이 내리는 하얀 눈송이로 만들어진 장막은 땅으로 내려오면서 쉴새 없이 반짝거렸다. 그 장막은 만물의 형상을 지우며 얼음 이끼로 덧칠했다. 겨울에 묻힌 고즈넉한 도시의 거대한 침묵이었다. 들리는 거라곤 허공을 가르며 내리는 눈의, 뭐라 표현할 수 없는 그 어렴풋한 사락거리는 소리뿐이었다. 그것은 소리라기보다는 차라리 감각이었고, 가벼운 원자들이 서로 얽히면서 공간을 채우고 세상을 뒤덮는 그런 느낌이었다.

등불을 든 사람이 다시 나타나더니 밖으로 순순히 나오려고 하지 않는 침울한 말의 고삐 끝을 끌어당겼다. 그는 말을 수레 앞에 세우고 줄을 맨 다음, 한 손만으로 마구를 단단히 채우기 위해 오랫동안 주위를 맴돌았다. 다른 손에는 등불을 들고 있었기 때문이다. 그리고 두 번째 말을 찾으러 가다가, 벌써 눈으로 하얗게 덮인 채 꼼짝도 하지 않고 있는 여행객을 발견하고는 말했다.

"마차에 올라타세요. 최소한 눈은 피할 수 있을 겁니다."

그들은 미처 그런 생각을 하지 못한 듯 서둘러 마차에 올랐다. 세 남자가 각자 자신들의 아내를 안쪽에 앉힌 뒤 올라탔다. 그리고 알아보지 못하게끔 담요를 뒤집어 쓴 다른 사람들이 말 한마디 나누지 않고 차례로 자리에 앉았다.

바닥에 짚이 깔려 있어서 사람들은 발을 짚에 파묻었다. 안쪽에 앉은 여자들은 구리로 만든 작은 발 보온기에 화학 연료를 꺼내 불을 붙였다. 그리고 얼마 동안 나지막한 목소리로 그 기구의 장점을 열거했고, 오래 전부터 이미 알고 있었던 것들을 되풀이했다.

마침내 승합마차에 말을 매는 일이 끝났다. 마차를 끌기가 힘들어져 네 마리가 아닌 여섯 마리가 마차를 끌게 되었다. 마차 밖에서 누군가가 물었다.

"모두 탔습니까?"

마차 안에서 누군가가 대답했다.

"그렇소."

마차가 움직이기 시작했다.

마차는 천천히, 조금씩 앞으로 나갔다. 바퀴가 눈 속에 파묻혔다. 차체 전체에서 삐걱거리는 둔탁한 소리가났다. 말들은 미끄러지고 헐떡거리며 콧김을 내뿜었다. 마부의 기다란 채찍이 쉴 새 없이 철썩거리며 사방으로흩날렸고, 가느다란 뱀처럼 얽혔다가 다시 풀어지며 느닷없이 살이 통통하게 찐 엉덩이를 내리쳤다. 그러면 그엉덩이는 더 세차게 기를 쓰느라 긴장했다.

알아채지 못한 사이에 날이 밝았다. 루앙 토박이인 한여행자가 비처럼 내리는 솜에 비유한 그 가벼운 눈송이는 더 이상 내리지 않았다. 우중충한 빛이 거무스름하고묵직한 큰 구름을 뚫고 나와 들판의 흰빛을 더욱 빛나게했다. 서리에 뒤엎인 커다란 나무들이 줄지어 나타나기도 하고, 눈 모자를 쓴 초가집이 보이기도 했다.

마차에 탄 사람들은 이 새벽의 음울한 박명에 비친 서로의 모습을 호기심 어린 눈빛으로 쳐다보았다.

맨 안쪽, 가장 좋은 자리에는 그랑퐁 가의 포도주 도매상인 루아조 부부가 마주 앉아 졸고 있었다.

루아조는 가게의 점원이었다가 사업에 파산한 주인으

로부터 영업권을 사들여 재산을 모은 사람이었다. 그는 시골의 영세 소매상에게 질 나쁜 포도주를 헐값에 팔았으며, 그를 아는 사람과 친구들 사이에서 교활한 협잡꾼, 술책에 능하고 쾌활한 진짜 노르망디 사람으로 통한다.

사기꾼이라는 평판이 어찌나 자자했던지, 우화와 샹송 작가이자 신랄하고도 섬세한 정신으로 지역의 자랑거리인 투르넬이 어느 날 저녁 도지사 관저에서 열린 만찬에서 부인들이 약간 졸고 있는 것을 보고 '루아조 볼'*이라는 게임을 하자고 제의할 정도였다. 그런데 그 말이 도지사의 살롱에서 크게 유행해 다른 살롱에 퍼지는 바람에 그 지방 모든 사람들의 입에 한 달 동안이나 회자되며 웃음 거리가 되었다.

그 밖에도 루아조는 타고난 익살과, 좋은 뜻이든 나쁜 뜻이든 농담을 잘하기로 유명했다. 그래서 누구든 그에 대해 말할 때는 "우습기 짝이 없지, 그 루아조는." 하고 덧붙였다.

그는 작은 키에 배가 공처럼 불룩 튀어나왔으며, 희

---

*루아조 볼(L'oiseau vole) : 프랑스어로 '새가 날아간다(L'oiseau vole)' 는 뜻이나 '루아조가 훔친다' 라는 뜻을 내포한 말장난.

꿋희꿋한 양쪽 볼의 수염 사이가 불그스름했다.

키가 크고 건장한 루아조의 부인은 과감한 성격과 큰 목소리, 빠른 결단력을 지녀 남편이 유쾌한 행동으로 활기를 띠게 하는 그 상점의 질서이자 계산이었다.

그들 옆에는 보다 품위 있고 상류층에 속하는 카레 라마동이 있었다. 그는 면직 공장을 세 개나 운영하는 사람으로 면화업계에서 확고한 지위를 누렸으며, 레지옹도뇌르 수훈자인 데다 도의회 의원이기도 했다. 그는 제정 시대 내내 온건한 야당의 당수로 남았는데, 그것은 그의 말처럼 부드러운 논쟁으로 싸워 보다 비싼 값으로 연립 정부에 참여하기 위한 것이었다. 남편보다 훨씬 젊은 카레 라마동 부인은 루앙 주둔군에 합류한 명문가 장교들에게 위안이 되는 존재였다.

그녀는 남편과 마주 보고 앉아 있었다. 자그마한 몸매에 귀엽고 예쁘게 생긴 이 부인은 모피에 파묻힌 채 마차의 초라한 내부를 한심스럽다는 듯 둘러보고 있었다.

그 옆에 앉아 있는 위베르 드 브레빌 백작 부부는 노르망디에서 가장 유서 깊은 귀족 가문 중 하나에 속하는 사람들이었다. 홀륭한 풍채의 노신사인 백작은 옷차림에 기교를 부려 앙리 4세와 태생적으로 닮았다는 것을 강조하려 애썼다. 이 가문에 대대로 전해 내려오는 영광스러운 전설에 따르면, 앙리 4세가 브레빌 집안의 어떤 부인을 잉태시켜 그녀의 남편이 백작이 되고 도지사가 되었다는 것이다.

도의회에서 카레 라마동과 동료인 위베르 백작은 이 지방에서 오를레앙당을 대표하는 인물이었다. 그가 낭트의 보잘 것 없는 선주의 딸과 결혼하게 된 이야기는 여전히 수수께끼로 남아 있었다. 그러나 백작 부인은 기품이 있었고, 누구보다 손님을 극진히 대접했으며, 루이 필립의 아들 중 한 사람에게 사랑을 받았다는 소문이 돌아 모든 귀족에게 환영받고 있었다. 따라서 그녀의 살롱은 그 지방 제일로 통했다. 옛날의 품위 있는 행동이 그대로 보존된 유일한 곳이자 출입하기 어려운 곳으로 통하기도 했다.

부동산만 가지고 있는 브레빌의 재산은 연 수입이 50만 리브르(혁명 전의 화폐 단위—옮긴이)에 달한다는 소문이 있었다.

이 여섯 사람이 마차 안쪽에 자리를 잡고 앉아 있었다. 따라서 마차 안쪽은 종교와 원칙을 갖춘 권위 있는 교양인들의 사회, 연금 받는 평온하고 강력한 사회를 형

성했다.

기이한 우연으로 여자들은 모두 같은 줄 의자에 앉아 있었다. 백작 부인 옆에는 주기도문과 성모송을 중얼거리며 긴 묵주 기도를 바치고 있는 두 수녀가 앉아 있었다. 그중 한 명은 얼굴 한가운데에 산탄을 정면으로 맞은 것처럼 천연두 자국이 깊게 패인 얼굴의 늙은 수녀였다. 또 다른 수녀는 무척 허약해 보였는데, 순교자와 신비주의자의 그 극심한 신앙에 시달린 폐결핵 환자 같은 가슴 위로 예쁘면서도 병약한 얼굴을 지니고 있었다.

두 수녀 앞에는 한 남자와 한 여자가 모든 사람들의 시선을 끌고 있었는데, 그중 남자는 잘 알려진 민주주의자이자 유명 인사들에게 공포의 대상인 코르뉘데였다. 그는 20년 전부터 모든 민주 카페의 맥주잔 속에 긴 적갈색 수염을 적셔왔다. 그는 과자점 주인이었던 아버지에게 물려받은 막대한 재산을 동지, 친구들과 함께 모두 써버렸다. 그러고는 그처럼 많은 혁명적인 소비를, 보상받을 만한 자리를 얻기 위해 공화제가 되기를 애타게 기다렸다. 9월 4일(1870년 제3공화정이 성립한 날을 가리킴—옮긴이), 누군가의 짓궂은 장난이었겠지만 그는 자신이 도지사로 임명된 것으로 착각했다. 그런데 그가 부임하려 할 때 그 자리의 유일한 주인으로 머물러 있던 관청의 사환들이 그를 인정하지 않자 부득이 물러날 수밖에 없었다. 그는 호인인 데다 배짱이 없고 서글서글한 성격이라 방어 시설을 만드는 데 누구보다 열심히 힘을 쏟았다. 들판에 구덩이를 파도록 했으며, 부근의 숲에서 어린 나무들을 모두 베어냈고, 모든 도로에 함정을 설치해 놓았다. 그는 지금 새로운 방어 진지가 필요한 르아브르로 가는 것이 보다 유익하리라 생각하고 있었다.

바람둥이라 불리는 여자는 '비곗덩어리'라는 별명이 붙을 정도로 뚱뚱했다. 몸집이 작고, 어디나 동글동글하며, 몹시 뚱뚱하고, 손가락까지 살이 쪄서 짤막한 소시지를 염주처럼 꿰어놓은 듯했다. 피부는 탱탱하고 윤기가 흘렀으며, 거대한 유방이 옷 속에서 불쑥 튀어나와 그런대로 탐스러웠으며 인기가 있었다. 그만큼 그녀의 성싱한 모습은 보기만 해도 즐거웠다. 얼굴은 빨간 사과, 또는 막 피어나려는 모란꽃 봉오리 같았다. 그리고 그 속에 두 개의 멋진 검은 눈이 있었으며, 눈 주위로는 그늘을 드리우는 짙고 긴 속눈썹이 덮여 있었다. 아래쪽에는 반짝이는 작은 치아를 보이는 작고 매력적인 입이 키스를 기다리듯 촉촉이 젖어 있었다.

그 밖에도 그녀에게는 헤아릴 수 없을 만큼 장점이 많다는 소문이 나돌았다.

이 여자가 누구라는 것을 알게 되자, 정숙한 여자들 사이에서 쑥덕거리는 소리가 퍼졌다. '매춘부' 니 '공공의 수치' 니 하는 말들이 들리자 그녀가 고개를 들었다. 그리고는 너무나 도전적이고 대담한 시선으로 주위 사람들을 훑어보는 바람에 곧 깊은 침묵이 계속되었다. 루아조를 제외한 모든 사람들이 눈을 내리깔았다. 루아조는 흥겨운 기색으로 그녀의 동정을 살피고 있었다.

그러나 곧 세 부인들 사이에서 다시 대화가 시작되었다. 그 매춘부의 존재가 갑자기 그들을 친구로 만들고 거의 내밀한 사이로까지 발전시킨 것이다. 그녀들은 후안무치한 창녀 앞에서 아내로서의 위엄을 결속해야 할 것 같았다. 합법적인 사랑은 언제나 자유 연애를 얕보는 법이다.

세 남자 역시 코르뉘데의 등장으로 보수주의적 본능을 자극받아 가까워졌다. 그리고 가난한 사람을 무시하는 어조로 돈에 관한 이야기를 시작했다. 위베르 백작은 프로이센 사람들이 자신에게 끼친 피해에 대해 이야기했다. 도난당한 가축과 잃어버린 수확으로 큰 피해를 입었

어도 천만장자인 대공의 보장을 받는다면 겨우 1년 정도의 타격에 지나지 않으리라는 것이다. 방적 공업에서 큰 실패를 겪은 바 있는 카레 라마동은 목이 마를 때 먹는 배처럼 만일에 대비해 영국에 60만 프랑을 송금해놓았다고 했다. 루아조의 경우에는 지하창고에 남아 있던 일반 포도주를 모두 프랑스군 병참부에 팔도록 타결되었기 때문에, 르아브르에 가서 정부로부터 어마어마한 돈을 지불받을 작정이었다.

그리고 세 사람은 우정 어린 시선을 재빨리 주고받았다. 사회적 지위가 다름에도 그들은 형제애 같은 감정을 느꼈다. 바지 주머니에 손을 넣고 금화 소리를 내는, 가진 자들 간의 위대한 동지 의식을 느낀 것이다.

마차의 속도가 너무 느려서 아침 10시가 되었는데도 16킬로미터 정도밖에 가지 못했다. 남자들은 세 번이나 내려서 언덕길을 걸어 올라가야 했다. 사람들이 불안해하기 시작했다. 토트에서 점심을 먹기로 했지만, 지금 상황으로는 밤이 되기 전에 그곳에 도착할 가망이 없어 보였다. 사람들은 길가에 음식점이라도 있는지 살펴보았다. 때마침 마차가 눈더미에 빠지는 바람에 끌어내는 데

두 시간이나 걸렸다.

시장기가 커짐에 따라 마음이 산란해졌다. 싸구려 식당도, 술집도 전혀 눈에 띄지 않았다. 프로이센군이 가까이 오고 굶주린 프랑스군이 지나가기 때문에 모든 상점이 질겁하고 문을 닫은 상태였다.

남자들이 먹을 것을 찾아 길가에 있는 농장으로 달려갔지만 빵 한 조각도 발견하지 못했다. 입에 넣을 거라곤 아무것도 없는 병사들이 찾아내기만 하면 강제로 약탈할까 두려워한 농부들이 남은 식량을 모두 감춰두었기 때문이다.

오후 1시쯤 되자 루아조는 배에 커다란 구멍이 뚫린 것 같다고 말했다. 모든 사람이 오래 전부터 그와 똑같은 고통을 느끼고 있었다. 먹고 싶다는 강렬한 욕망이 여전히 더해가기만 해서 대화마저 끊겨버렸다.

이따금 누가 하품을 하면, 다른 사람이 곧 흉내를 냈다. 그리고 저마다 번갈아가며 자신의 성격, 예절, 사회적 지위에 따라 시끄러운 소리를 내며 입을 벌리거나 하품이 나오려 하면 벌어진 입에 얼른 손을 얌전하게 갖다대거나 했다.

비곗덩어리는 연신 치마 밑에서 무엇을 찾는 듯 몸

을 숙였다. 그녀는 순간 망설이다가 곁에 있는 사람들을 쳐다본 다음 조용히 몸을 일으켰다. 사람들의 얼굴은 창백해졌고 경련이 일었다. 루아조는 돼지고기 햄 한 개에 1천 프랑이라도 지불할 용의가 있다고 단언했다. 그의 아내는 항의하려는 듯한 몸짓을 했지만 이내 잠잠해졌다. 그녀는 돈을 낭비하는 말을 들으면 언제나 고통을 느꼈으며, 돈에 관해서는 농담조차 이해하지 못했다.

"사실 나도 기분이 좋지 않군."

백작이 말했다.

"먹을 것을 가져올 생각을 왜 하지 못한 걸까?"

사람들은 속으로 똑같은 책망을 했다.

그런 와중에도 코르뉘데는 럼주가 가득 든 수통을 가지고 있었다. 루아조가 수통을 내밀었으나, 사람들은 냉정하게 거절했다. 루아조만이 두어 모금 마시고 수통을 돌려주면서 고맙다고 말했다.

"역시 술이 좋군요. 몸을 금세 데워주고 시장기를 잊게 하니까요."

술기운이 돌자 기분이 좋아진 그는 상송에 나오는 것처럼 작은 배 위에서 그런 짓을 한번 해보자고 제의했다. 즉 여행객 중 가장 기름진 사람을 잡아먹자는 것이었다.

비곗덩어리에 대한 이 간접적인 암시는 교양 있는 사람들에게 큰 충격을 주었다. 아무도 대꾸하지 않았다. 코르뉘데만이 미소를 지었다. 두 수녀는 묵주 기도를 그만두고, 커다란 소매에 두 손을 찌르고는 끈질기게 눈을 내리깔고 꼼짝도 하지 않았다. 하늘이 내린 고통을 다시 하늘에 바치고 있는 것 같았다.

3시가 되어 마을 하나 보이지 않는 끝없는 벌판 한가운데에 이르자 마침내 비곗덩어리는 급히 몸을 낮춰 의자 밑에서 흰 보자기로 덮인 커다란 바구니 하나를 꺼냈다.

그녀는 먼저 바구니에서 작은 사기 접시와 날씬한 은잔 하나를 꺼냈다. 이어 온통 칼질을 해서 젤리에 절인 두 마리의 통닭이 담겨 있는 커다란 단지를 꺼냈다. 바구니 안에 들어 있는, 종이에 싸인 맛있는 음식들이 보였다. 파이, 과일, 과자……. 그녀가 사흘 동안 여행하면서 여인숙 음식을 먹지 않으려고 준비한 음식들이다. 네 개의 술병이 음식 꾸러미 사이로 목을 내밀고 있었다. 그녀는 닭 날개 하나를 들고, 노르망디에서 '레장스'라 불리는 작은 빵 하나를 곁들여 품위 있게 먹기 시작했다.

모든 시선이 그녀에게 쏠렸다. 음식 냄새가 퍼지자 콧

구멍이 벌름거리고, 귀 밑의 턱이 아프게 수축되면서 입에 군침이 흥건히 돌았다. 창녀에 대한 부인들의 경멸은 그녀를 죽이고 싶을 정도로 잔인하게 변했다. 그녀와 함께 잔이나 바구니, 음식물을 마차 밖 눈 속에 내던지고 싶을 정도였다.

그러나 루아조는 닭고기가 들어 있는 단지를 삼킬 듯이 게걸스럽게 바라보았다. 그리고 말했다.

"그야말로 안성맞춤이네요. 부인께서는 우리보다 대비를 잘하셨군요. 항상 모든 일을 미리 생각할 줄 아는 사람들이 있는 법이죠."

그러자 그녀가 루아조를 향해 머리를 들었다.

"좀 드시겠어요? 아침부터 아무것도 먹지 않았으니 힘드실 거예요."

그가 인사를 했다.

"사실, 솔직히 말해 사양할 수가 없군요. 그럴 수가 없어요. '전시에는 전시에 맞도록' 이라는 말도 있지 않습니까, 부인?"

그는 주위를 한번 둘러보고는 덧붙였다.

"이렇게 어려울 때 은혜를 베푸는 사람을 만난다는 것은 정말 기쁜 일이죠."

그는 바지를 더럽히지 않으려고 신문을 무릎에 펴놓았다. 그러고는 언제나 주머니 속에 가지고 다니는 칼끝으로 젤리가 묻어 온통 번지르르한 닭다리를 들어올려 허겁지겁 물어뜯더니 만족스럽게 씹었다. 마차 안에서 괴로운 듯 긴 한숨 소리가 났다.

비곗덩어리는 겸손하고도 부드러운 목소리로 수녀들에게 음식을 권했다. 두 수녀는 그녀의 제의를 즉각 받아들였다. 그리고 눈길도 주지 않고 우물거리듯 고맙다고 말하고는 재빨리 먹기 시작했다. 코르뉘데도 옆자리 여자의 제의를 거절하지 않았다. 무릎 위에 신문지를 펼쳐놓고 수녀들과 함께 일종의 식탁을 꾸몄다.

입들이 하염없이 열리고 닫히면서, 접어넣고, 씹어대고, 사납게 삼켰다. 자기 자리에 앉아 줄기차게 먹던 루아조가 낮은 소리로 아내에게 자기처럼 하라고 권유했다. 그녀는 한참 동안 그것을 물리치다가, 창자에서 경련이 일자 굴복하고 말았다. 남편은 말을 부드럽게 다듬으면서 '매혹적이 동행자'에게 자기 아내에게도 작은 조각을 하나 줄 수 있겠느냐고 물었다.

"그럼요. 물론이죠."

그녀가 말했다. 그리고 상냥한 미소를 지으며 바구니

를 내밀었다.

첫 번째 보르도산 포도주 병의 마개를 뽑았을 때 난처한 일이 벌어졌다. 잔이 하나밖에 없었던 것이다. 잘 닦은 뒤에 술잔을 돌렸다. 코르뉘데만이, 아마 여자에 대한 친절에서였겠지만, 옆자리에 있는 여자의 입술이 닿아 아직도 축축한 그 자리에 자신의 입술을 갖다댔다.

음식을 먹고 있는 사람들에 둘러싸인 채, 음식물 냄새로 숨이 막힐 것 같은 브레빌 백작 부부는 카레 라마동 내외와 함께 탄탈로스*라는 이름을 가진 그 가증스러운 고통에 시달리고 있었다. 갑자기 젊은 공장주 부인이 한숨을 내쉬는 바람에 모두 고개를 돌렸다. 그녀의 얼굴이 바깥에 쌓인 눈처럼 창백해졌다. 눈이 감기고 이마가 힘없이 떨어졌다. 의식을 잃은 것이다. 깜짝 놀란 남편은 사람들에게 도움을 청했다. 모두 정신이 없었지만, 나이 든 수녀가 환자의 머리를 받치고, 비곗덩어리의 잔을 그녀의 입술 사이로 비스듬히 넣어 포도주 몇 방울을 삼키게 했다. 예쁜 부인은 몸을 움직이며 눈을 뜨고는, 미소 지

*탄탈로스 : 제우스의 아들로 부유한 왕이었으나 천상계에서 신들의 음식물을 훔쳐 인간에게 주었기 때문에 지옥에 떨어져 영원한 벌을 받게 되었다. 그 벌이란 늪 속에 목까지 잠긴 채 영원한 굶주림과 갈증으로 고통을 받는 것이다.

으며 죽어가는 목소리로 이제 괜찮다고 말했다. 그러나
수녀는 다시 되풀이되지 않도록 보르도산 포도주가 가득
든 술 한 잔을 억지로 마시게 했다. 그러고는 한마디 덧
붙였다.

"시장해서 그래요. 다른 게 아니에요."

그러자 난처해진 비곗덩어리는 얼굴을 붉혔다. 그리
고 아무것도 먹지 않고 있는 나머지 네 사람을 쳐다보며
중얼거렸다.

"어쩌나, 신사들과 부인들께도 대접하면 좋으련
만……."

그러고는 실례가 될까봐 얼른 입을 다물었다. 루아조
가 말을 받았다.

"아무렴요. 이런 경우에는 모두가 형제니까 서로 돕
지 않으면 안 됩니다. 자. 부인들. 격식 차리지 말고 받아
들이세요. 제기랄! 밤을 보낼 집 한 채나 찾게 되는지도
알 수 없잖아요? 이렇게 가다가는 내일 정오가 될 때까지
도 토트에 도착하지 못할 겁니다."

사람들은 망설이기만 할 뿐, 누구도 "그럽시다" 하고
감히 나서서 책임지려는 사람이 없었다.

그러나 백작이 문제를 딱 잘라 해결했다. 그는 겁먹

은 뚱뚱한 여인 쪽으로 몸을 돌리고는 점잖게 말했다.

"감사히 받겠소, 부인."

첫발을 떼기가 힘들었을 뿐이다. 일단 루비콘 강*을 건너자 모두들 체면을 벗어던지고 달려들었다. 바구니가 금세 비고 말았다. 그러나 아직도 거위간파이, 종달새파이, 훈제한 소 혀 한 덩어리, 크라산 배, 퐁 레베크산 치즈 한 덩이, 비스킷, 식초에 담근 작은 오이와 양파가 가득 든 잔이 바구니 안에 들어 있었다. 비곗덩어리도 다른 여자들과 마찬가지로 생야채를 좋아했던 것이다.

그녀에게 말을 건네지 않으면서 이 여자의 음식에 손을 댈 수는 없었다. 그래서 처음에는 조심스럽게 이야기를 건넸지만, 곧 그녀가 꽤 얌전한 여자라는 것을 알게 되자 허물없이 대했다. 처세술이 뛰어난 드 브레빌 부인과 카레 라마동 부인은 품위 있고 상냥하게 대했다. 특히 백작 부인은 어떤 교제에서도 자신의 명예를 손상시키지 않는 매우 고상한 부인들이 취하는 그런 상냥한 겸양을

---

*루비콘 강 : 로마 공화정 말기 이탈리아 본토와 속주인 갈리아 주와의 경계를 이루던 강. 기원전 49년 1월 카이사르가 폼페이우스를 추대한 원로원의 보수파에 대항해 내란을 일으킬 때 "주사위는 던져졌다"라는 말을 남기고 강을 건넌 고사로 널리 알려졌다.

보여주어 호감이 가게 했다. 그러나 엄격한 성격의 건장한 루아조 부인은 여전히 무뚝뚝해서, 말은 적게 하면서도 먹기는 많이 먹었다.

이야기는 자연히 전쟁에 대한 것으로 흘러갔다. 프로이센군이 저지른 끔찍한 만행과 프랑스군의 용감한 행동에 대해 이야기했다. 그리고 자신들은 도망치면서도 다른 사람들의 용기에 경의를 표했다. 이윽고 개인적인 이야기가 시작되었다. 비곗덩어리는 진짜 감동을 받아, 이따금 창녀들이 그들의 타고난 격정을 나타내기 위해 취하는 그런 열정적인 말투로 자신이 어떻게 루앙을 떠나게 되었는지를 이야기했다.

"처음에는 남아 있을 수 있겠다고 생각했죠. 집에는 먹을거리가 가득했고, 정처 없이 고향을 떠나느니 군인 몇 사람을 먹이는 편이 나을 것 같았어요. 그런데 프로이센 놈들을 보자 도저히 그럴 수 없었어요! 분노의 피가 끓어오르더라고요. 그래서 온종일 치욕스러워서 눈물을 흘렸습니다. 아! 내가 남자라면 얼마나 좋을까. 저는 창가에 서서 뾰족한 철모를 쓰고 있는 그 뚱뚱한 돼지들을 보고만 있었죠. 그런데 제가 놈들의 등짝에 집기를 던질까봐 하녀가 제 두 손을 잡는 거예요. 그리고 그들이 내

집에 묵으려고 왔어요. 그래서 저는 맨 먼저 들어오는 놈의 목덜미에 달려들었죠. 그놈들이라고 해서 다른 사람보다 목 졸라 죽이는 게 더 어렵지는 않잖아요! 누군가가 제 머리채를 잡아당기지 않았다면 그놈을 해치웠을 거예요. 그 일이 있고 나서 저는 몸을 피해야만 했어요. 마침내 기회가 되어 이렇게 떠나게된 거죠."

그녀의 말이 끝나자 사람들이 그녀를 칭찬하기 시작했다. 그녀는 과감한 행동을 하지 못한 동행인들의 존경 속에서 위대해졌다. 코르뉘데는 그 이야기를 들으며 사도와도 같이 고개를 끄떡이며 호의 어린 미소를 지었다. 하느님을 찬양하는 독신자의 말을 듣고 있는 사제 같았다. 긴 수염의 민주주의자들은 법의를 걸친 사람들이 종교를 독점하듯 애국심을 독점하고 있기 때문이다. 자기 차례가 되자 그는 매일 벽에 나붙는 성명서에서 배운, 과장되고 교조적인 어조로 말하기 시작했다. 그리고 그는 그 '바댕게의 방탕아'(Crapule de Badinguet : 나폴레옹 3세의 별명―옮긴이)를 단호히 비난하는 웅변 한 토막으로 끝을 맺었다.

그러자 비곗덩어리가 화를 냈다. 그녀는 보나파르트파였기 때문이다. 그녀의 얼굴은 버찌보다 빨개진 채, 분노로 말까지 더듬었다.

"당신들이 그분 자리에 앉으면 어떨지 보고 싶군요. 말도 안 된다고요. 그럼요! 그분을 배반한 것은 바로 당신들이에요! 당신 같은 건달들이 통치한다면 프랑스를 떠날 수밖에 없을 거예요!"

코르뉘데는 태연히 무시하는 듯한 거만한 미소를 지었다. 그러나 금방이라도 거친 말이 튀어나올 것 같았기에 백작이 개입해, 진지한 의견들은 모두 존중되어야 한다고 위엄 있게 단언함으로써 흥분한 창녀를 간신히 진정시켰다. 그러나 백작 부인과 공장주 부인은 공화제에 대해 상류 사회의 인사들이 갖는 불합리한 증오심과, 위풍당당하고 전제적인 정부에 대해 모든 여자가 품고 있는 본능적인 애정을 지니고 있었기에, 자신들과 매우 흡사한 감정을 지닌 이 자존심 강한 매춘부에게 본의 아니게 호감이 가는 것을 느꼈다.

바구니가 비었다. 바구니가 더 크지 않은 것을 아쉬워하며 열 사람이 거뜬히 비워버린 것이다. 대화가 얼마 동안 계속되었으나 음식을 다 먹은 뒤에는 약간 식어버렸다.

밤이 되고 짙은 어둠이 몰려왔다. 소화가 되는 동안

극심한 추위를 느낀 비곗덩어리는 풍부한 지방질임에도 몸을 떨었다. 드 브레빌 부인은 아침부터 몇 번이나 숯을 갈아 넣은 자신의 간이 난로를 그녀에게 권했다. 비곗덩어리는 발이 얼어붙을 것만 같아서 그녀의 제의를 즉각 받아들였다. 카레 라마동 부인과 루아조 부인은 수녀들에게 각자 자기 것을 내주었다.

마부는 벌써 등불을 켜놓았다. 선명한 빛이 수레에 매인 말들의 땀에 젖은 엉덩이 위로 구름처럼 피어나는 수증기와, 길 양쪽으로 움직이는 불빛이 반사하면서 펼쳐지는 듯한 눈을 밝히고 있었다.

마차 안에서는 아무것도 분간할 수 없게 되었다. 갑자기 어떤 움직임이 비곗덩어리와 코르뉘데 사이에서 일어났다. 어둠 속을 눈으로 더듬던 루아조는 커다란 수염의 그 남자가 소리 없이 가한 어떤 타격에 얻어맞기라도 한 것처럼 얼른 옆으로 비키는 것을 본 듯했다.

작은 불빛들이 길 앞쪽에 나타났다. 토트였다. 열한 시간을 달렸지만, 말에게 귀리를 먹이며 쉬게 하기 위해 네 번에 걸쳐 멈춘 두 시간을 합치면 열세 시간을 달려온 것이다. 그들은 마을로 들어가 여인숙 앞에 도착했다.

마차 문이 열렸다. 귀에 익은 어떤 소리가 모든 여행
객을 소스라치게 했다. 땅에 칼집이 부딪히는 소리였다.
곧 어떤 프로이센인이 뭐라고 소리를 질렀다.

마차는 멈춰 서 있었지만, 나가면 학살이라도 당할 거
라고 생각하는 듯 아무도 내리려고 하지 않았다. 그러자
마부가 한 손에 등불을 들고 나타났다. 갑자기 마차 안을
비춘 그 불빛은 두줄로 늘어선, 겁에 질린 얼굴들을 드러
냈다. 놀라움과 갑작스러운 공포로 입이 벌어지고 눈을
크게 뜬 얼굴들이었다.

마부 곁에는 한 프로이센군 장교가 불빛을 받으며 서
있었다. 금발에 키가 크고 빼빼 마른 젊은이였다. 코르셋
을 입은 소녀처럼 꼭 끼는 군복을 입고 밀랍을 입힌 납작
한 모자를 비스듬히 쓰고 있는 품새가 영국의 호텔 보이
같았다. 곧고 긴 털로 된, 너무 큰 콧수염이 양쪽으로 한
없이 가느다랗게 뻗어나가다가 그 끝이 보이지 않을 정
도로 아주 가는 단 한 오라기의 노란 털로 끝나고 있었으
며, 뺨을 잡아당겨 입의 양 가장자리를 짓누르는 것처럼
입술에 늘어진 주름살 하나를 새기고 있었다.

그는 프랑스의 알자스 지방색이 역력한 딱딱한 말투
로 여행객들에게 나오라고 권유했다.

"신사숙녀 여러분, 내리시죠."

두 수녀가 익숙한 성녀들의 온순함으로 가장 먼저 복종했다. 다음으로 백작 부부가 내렸으며, 공장주 부부가 그 뒤를 따랐다. 그리고 아내를 앞세운 루아조가 마차에서 내렸다. 루아조는 땅에 발을 디디면서 예의에서라기보다는 용의주도한 마음에서 "안녕하십니까?" 하고 장교에게 인사를 건넸다. 상대방은 절대적인 권력을 가진 사람처럼 아무 대꾸도 하지 않은 채 그를 무례하게 쳐다보았다.

비곗덩어리와 코르뉘데는 입구 가까이에 있었지만, 적 앞에서 신중하고 거만한 모습으로 맨 나중에 내렸다. 뚱뚱한 창녀는 자신의 감정을 억누르며 침착해지려고 애썼다. 민주주의자는 약간 떨리는 한 손으로 자신의 긴 갈색 수염을 만지작거렸다. 이런 경우에는 누구나 약간 자기 나라를 대표하고 있다고 느끼기에 그들은 품위를 지키고 싶었던 것이다. 동행인들의 순종에 마찬가지로 분개해, 그녀는 곁에 있는 정숙한 여자들보다 오만하게 보이려 애썼고, 코르뉘데는 모범을 보여야 한다고 느끼면서 도로에 구덩이를 팔 때부터 시작된 저항의 사명을 모든 태도에서 계속 나타냈다.

일행은 여인숙의 널따란 주방으로 들어갔다. 프로이 센군 장교는 총사령관이 서명한 여행 허가증을 보여달라고 했다. 여행 허가증에는 여행자 개개인의 이름과 특징 그리고 직업이 적혀 있었다. 그는 기재 사항과 개인을 대조하면서 모든 사람을 오랫동안 조사했다.

그러고는 불쑥 "좋소!"라고 말한 뒤 사라졌다.

그제야 비로소 사람들이 안도의 숨을 내쉬었다. 그들은 배가 고파서 저녁 식사를 주문했다. 식사가 준비되려면 30분은 기다려야 할 것이다. 두 하녀가 음식을 준비하는 동안 사람들은 방을 보러 갔다. 방은 모두 긴 복도 안쪽에 있었는데, 복도 끝에는 뜻을 알 만한 번호가 표시된 유리문이 있었다.

마침내 식탁에 앉으려는데 여인숙 주인이 나타났다. 그는 예전에 말 장사를 하던 사람으로 천식을 앓고 있었다. 뚱뚱한 주인은 줄곧 씩씩거리며 쉰 목소리를 냈으며, 목구멍 속에서는 가래 끓는 소리가 났다. 그의 아버지는 그에게 폴랑비라는 성을 물려주었다.

폴랑비가 물었다.

"엘리자베트 루세 양이 어느 분이죠?"

비곗덩어리가 흠칫 놀라 돌아보았다.

"전데요."

"아가씨. 프로이센 장교가 아가씨께 당장 할 이야기가 있답니다."

"저한테요?"

"네. 당신이 진짜 엘리자베트 루세 양이라면요."

그녀는 당황한 표정으로 잠시 생각하더니 단호히 선언했다.

"그렇다고 해도 전 가지 않겠어요."

그녀 주위에 있던 사람들이 술렁이기 시작했다. 그들은 장교가 비곗덩어리를 만나려는 이유를 찾기 위해 의견을 나누었다. 백작이 다가왔다.

"그건 옳지 않아요, 부인. 당신이 거절한다면 당신뿐만 아니라 우리 모두에게도 피해가 있을지 모르니까요. 결코 강자에게 맞서면 안 됩니다. 별다른 위험은 없을 것 같습니다. 아마 잊어버린 절차가 있었겠죠."

모든 사람이 백작의 편이 되어 그녀에게 부탁을 하거나 재촉하며 설교를 하기도 한 끝에 마침내 그녀를 설득했다. 모두들 순간적 감정으로 말썽이 생기는 것을 두려워했기 때문이다. 마침내 그녀가 말했다.

"여러분을 위해서 그렇게 하죠. 정말이에요!"

백작 부인이 그녀의 손을 잡았다.

"우리는 당신에게 감사하고 있어요."

그녀가 나갔다. 사람들은 함께 식사를 하기 위해 그녀를 기다렸다. 저마다 이 과격하고 성미 급한 창녀 대신 불려가지 않은 것을 애석해하면서, 자기 차례가 올 경우에 대비해 마음속으로 진부한 말들을 준비했다.

그런데 10분쯤 지나자, 그녀가 벌겋게 달아오른 얼굴로 몹시 흥분해서 돌아왔다. 그러고는 씩씩거리며 내뱉었다.

"아, 나쁜 자식! 나쁜 자식!"

모두들 무슨 일인지 알고 싶어 했지만, 그녀는 아무 말도 하지 않았다. 백작이 간청하자 그녀가 아주 품위 있게 대답했다.

"여러분과는 상관없는 일이에요. 말할 수 없어요."

그들은 양배추 냄새가 솔솔 풍기는 커다란 수프 그릇 주위에 모여 앉았다. 이런 불안한 일이 있었음에도 저녁 식사는 즐거웠다. 특히 사과주가 맛있었는데, 루아조 부부와 수녀들은 돈을 절약하느라 그것을 마셨다. 맥주를 주문한 코르뉘데를 제외한 다른 사람들은 모두 포도주를 주문했다. 맥주 병마개를 따서 술에 거품이 일게 하고,

잔을 기울여 그것을 들여다보고, 빛깔을 감상하기 위해 컵을 들어 불빛에 비춰보는 등 코르뉘데의 맥주 마시는 습관은 독특했다. 그는 술을 마실 때 좋아하는 술과 빛깔이 비슷한 커다란 수염이 부드럽게 떨리는 것 같았으며, 잠시라도 맥주잔에서 시선을 떼지 않으려고 곁눈질했다. 그는 타고난 유일한 임무를 다하고 있는 것처럼 보였다. 그의 삶 전체를 차지하고 있는 두 가지의 커다란 정열, 즉 빛깔이 연한 맥주와 혁명 사이의 어떤 친화력과 같은 연관성을 마음속에 건설하고 있는 듯했다. 확실히 그는 혁명을 생각하지 않고서는 맥주를 음미할 수 없었다.

폴랑비 부부는 식탁 맨 끝에서 식사를 하고 있었다. 고장 난 기관차처럼 헐떡거리는 남자는 식사를 하면서 말까지 하기에는 가슴이 너무 땅기는 모양이었다. 그러나 여자는 입을 다물 줄을 몰랐다. 그녀는 프로이센군이 도착할 때 받은 인상과 그들의 행동, 그들이 한 말을 줄줄이 이야기하며 증오했다. 첫째로는 그들 때문에 돈이 들었고, 다음으로는 두 아들을 군대에 보내야 했다는 것이다. 그녀는 상류 사회의 부인과 이야기하는 것에 우쭐해 주로 백작 부인에게 말을 걸었다.

이어 그녀는 목소리를 낮추며 미묘한 이야기를 꺼냈

다. 남편은 가끔 그녀의 말을 가로막으며 말했다.

"폴랑비 부인, 입 다무는 게 좋을 거야."

그러나 그녀는 조금도 아랑곳하지 않고 계속 말했다.

"그래요, 부인. 그 사람들은 감자와 돼지고기밖에 먹으려 들지 않아요. 그러고는 또 돼지고기와 감자를 먹지요. 그들이 깨끗할 거라고 생각하면 안 됩니다. 천만의 말씀이죠! 말씀드리기 송구하지만, 그자들은 아무 데서나 볼일을 본다니까요. 그들이 몇 시간이고 며칠이고 훈련하는 것을 직접 보셔야 하는데. 저쪽 들판에 모두 있지요. 앞으로 갔다 뒤로 갔다, 이리 돌고 저리 돌고. 최소한 땅이라도 갈거나 자기네 나라에 가서 도로 공사라도 하면 얼마나 좋을까요! 정말이지 부인, 그런 군대라는 것은 아무에게도 이로울 것이 없다니까요. 가난한 사람들을 학살하는 일이나 배우는 그런 군대를 먹여 살려야 하다니! 저는 사실 배우지 못한 할망구지만, 아침부터 저녁까지 제자리걸음을 하느라 안달하는 그자들을 보면 이런 생각이 든답니다. '그토록 많은 발명을 해서 유익한 존재가 되는 사람들이 있는 반면, 저렇게 많은 고생을 하면서도 해로운 존재가 되는 사람들도 있구나!' 프로이센 사람이든 영국 사람이든 폴란드 사람이든, 아니면 프랑스

사람이든 사람을 죽인다는 것은 가증스러운 짓 아닐까
요? 자신에게 잘못을 저지른 누군가에게 복수를 하면 유
죄를 선고받으니까 악이 되는데, 사냥하듯 총으로 우리
아이들을 몰살하면 가장 많이 죽인 자에게 훈장을 준다
고 해서 선이 되나요? 난 결코 이해할 수 없어요!"

코르뉘데가 목소리를 높였다.

"전쟁이란 평화로운 이웃을 공격할 때는 만행이지만,
조국을 수호할 때는 성스러운 의무가 됩니다."

노파는 고개를 숙였다.

"그래요. 자신을 방어할 때는 얘기가 다르지요. 그러
나 자신의 즐거움을 위해서 그런 짓을 하는 왕들은 차라
리 모두 죽여야 하지 않을까요?"

눈에 불꽃을 번득이며 코르뉘데가 말했다.

"여성 동지 만세!"

카레 마라동은 깊은 생각에 잠겨 있었다. 그는 이름
높은 장군들을 열렬히 지지하지만, 이 촌부의 양식 어린
말을 듣다 보니 다른 생각을 하게 되었다. 무위도식함으
로써 파산을 초래하는 그 많은 일손과 비생산적으로 양
성하고 있는 그 많은 힘을, 완성하는 데 몇 백 년이 걸릴
대대적인 산업 활동에 사용한다면 국가에 얼마나 큰 이

익을 가져올 것인지를 생각한 것이다.

루아조는 자리에서 일어나 여인숙 주인과 낮은 목소리로 이야기를 나누고 있었다. 뚱뚱한 주인은 웃다가 기침을 하며 가래를 뱉었다. 그의 거대한 배는 상대방의 즐거운 농담으로 불룩거렸다. 주인은 프로이센군이 철수하면 봄에 쓰려고 루아조에게 보르도산 포도주 여섯 통을 샀다.

모두들 피곤해서 저녁 식사를 마치자마자 잠자리에 들었다.

그러나 루아조는 여러 가지를 관찰해온 터라 아내를 잠자리에 들게 하고는 열쇠 구멍에 눈과 귀를 번갈아 갖다대면서, 그가 '복도의 수수께끼' 라고 이름 붙인 것을 알아내고자 애썼다.

한 시간쯤 지나자, 가볍게 스치는 소리가 들려서 그는 얼른 내다보았다. 흰 레이스로 가장자리를 두른 파란 캐시미어 실내복을 입어 더욱 뚱뚱해 보이는 비곗덩어리가 보였다. 그녀는 손으로 촛대를 들고 복도 맨 끝에 굵게 씌어진 번호가 있는 쪽으로 가고 있었다. 그러자 곁에 있는 문이 반쯤 열리고, 그녀가 몇 분 있다가 다시 돌아올 때는 멜빵 차림의 코르뉘데가 그녀 뒤를 따랐다. 그들은 나지막한 목소리로 이야기를 나누다가 걸음을 멈췄다. 비곗덩어리가 자기 방 입구를 힘껏 막고 있는 것 같았다. 루아조에겐 그들의 말소리가 전혀 들리지 않았으나, 그들이 마지막에 언성을 높이는 바람에 몇 마디 주워들을 수 있었다. 코르뉘데가 조급하게 고집을 부리며 말했다.

"이봐, 당신 정말 바보로군. 그것이 당신과 무슨 상관이 있단 말이오?"

그녀는 분개한 듯 대답했다.

"안 돼요. 그런 짓을 하면 안 되는 때가 있어요. 게다가 여기에서는 수치스러운 일이 될 거에요."

그는 이해할 수 없다는 표정이었다. 그가 이유를 묻자, 그녀가 화를 내면서 다시 목소리를 높였다.

"왜라니요? 이유를 모르세요? 어쩌면 프로이센군이 이 집에, 옆방에 있을지도 모르잖아요?"

그는 침묵을 지켰다. 적이 가까이 있으니 절대로 애무를 받지 않겠다는 이 애국심 강한 창녀의 조심스러움이 꺼져가던 그의 체면을 마음속에 일깨웠는지, 그는 단지 포옹만 하고는 살금살금 자기 방으로 돌아갔다.

매우 흥분한 루아조는 열쇠 구멍에서 떨어져 자기 방에서 껑충껑충 뛰었다. 그러고는 마드라스산 직물을 걸치고, 아내의 딱딱한 몸뚱이가 누워 있는 시트를 들췄다. 그는 "여보, 나를 사랑하오?" 하고 속삭이면서 키스로 그녀를 깨웠다.

여인숙 전체가 조용했다. 그런데 곧 어디선가, 지하실인지 곳간인지 확실히 알 수 없는 방향에서 세차고 단조롭게 규칙적으로 코고는 소리가 들려왔다. 그것은 압력으로 보일러가 진동하는 듯한 둔하고 오래 끄는 소리였다. 폴랑비가 자면서 코고는 소리였다.

이튿날은 8시에 출발하기로 결정했기에 모두 식당에 모였다. 그러나 방수포가 온통 눈으로 뒤덮인 마차가 마당 한가운데에 덩그러니 놓여 있었다. 말도 마부도 없었다. 사람들은 마구간으로, 사료 창고로, 차고로 마부를 찾으러 갔으나 모두 허탕 쳤다.

그들은 광장에 이르렀다. 광장 안쪽으로 교회가 있었고, 양편으로는 프로이센 병사들이 보이는 낮은 집들이 있었다. 맨 처음 눈에 띈 병사는 감자 껍질을 벗기고 있었다. 좀 더 멀찍이 있는 두 번째 병사는 이발관을 청소하고 있었다. 수염이 덥수룩하게 덮인 또 다른 병사는 우는 아기를 안아 무릎 위에 놓고 흔들면서 달래려 애쓰고 있었다. 남편이 '전시 군대'에 가 있는 뚱뚱한 촌부들은 고분고분한 정복자들에게 손짓 발짓으로 해야 할 일을 지시하고 있었다. 장작을 팬다든지, 빵을 수프에 적신다든지, 커피를 빻는 일이었다. 그중 어떤 사람은 손발을 전혀 못 쓰는 주인 노파의 속옷까지 빨아주었다.

백작은 놀라서 주교관에서 나오는 교회지기에게 물었다.

"아! 저 사람들은 나쁜 사람이 아니에요. 프로이센 사람들이 아니라고 하더군요. 어딘지는 모르겠지만 더 먼 곳에서 온 사람들이래요. 그들은 모두 고향에 처자식을 두고 왔다는군요. 그러니 전쟁이 즐거울 리 없죠! 틀림없이 그쪽에서도 남자들을 보내놓고 울고 있을 거예요. 우리와 마찬가지로 그들에게도 전쟁은 커다란 근심거리일 거예요. 이곳은 아직은 그렇게 불행하지 않아요. 그들이 못되게 굴지도 않고, 자기네 집에 있는 것처럼 일도 도와주니까요. 그렇지 않습니까, 선생님. 불쌍한 사람들끼리는 서로 도와야죠. 전쟁을 하는 것은 위에 있는 사람들이니까요."

정복자와 피정복자 사이에 이루어진 화친 협상에 분개한 코르뉘데는 여인숙에 처박혀 있는 편이 낫겠다고 생각하고는 돌아가버렸다. 루아조가 우스갯소리를 했다.

"그들은 다시 인구를 늘리고 있는 거지요."

카레 라마동이 신중하게 말했다.

"그게 아니라 그들은 속죄를 하고 있는 겁니다."

사람들은 결국 마을의 술집에서 장교의 당번병과 다정하게 앉아 있는 마부를 발견했다. 백작이 따지듯이 물었다.

"8시에 말을 매라는 지시를 하지 않았는가?"

"그랬지요. 그러나 그 후에 다른 지시를 받았거든요."

"어떤 지시?"

"절대로 마차에 말을 매지 말라는 명령입니다요."

"누가 그 지시를 내렸지?"

"물론, 프로이센 사령관이죠."

"무슨 이유에선가?"

"전 아무것도 모릅니다. 가서 직접 물어보세요. 제게 말을 매지 말라고 해서 매지 않은 것뿐입니다요."

"그 사람이 직접 당신에게 말했는가?"

"아닙니다요. 여인숙 주인이 그의 지시라고 제게 전해주었지요."

"그게 언제지?"

"어제 저녁, 제가 잠자리에 들려고 할 때였죠."

세 남자는 몹시 불안해하며 돌아왔다.

폴랑비를 찾았지만, 하녀 얘기로는 주인이 천식 때문에 10시 이전에 절대로 깨우지 못하게 한 것이다.

그래서 사람들은 장교를 만나보려 했으나 허탕 쳤다. 그가 여인숙에 묵고 있기는 하지만, 면회는 절대 불가능하다는 것이다. 민간에 관한 일을 그에게 할 수 있도록 허용된 사람은 폴랑비뿐이었다. 그래서 사람들은 기다렸다. 여자들은 자신들의 방으로 다시 올라가 하찮은 일로 시간을 때웠다.

코르뉘데는 불꽃이 활활 타오르는 높다란 부엌 벽난로 밑에 자리를 잡았다. 그리고 그곳에 카페의 작은 탁자와 맥주병을 가져오게 한 후 파이프를 꺼냈다. 그의 파이프는 마치 코르뉘데에게 사용됨으로써 조국에 봉사하기라도 하는 듯, 민주주의자들 사이에서 코르뉘데에 대한 존경과 거의 같은 정도의 존경을 받았다. 그것은 근사하게 손때 묻은 훌륭한 해포석 파이프로, 주인의 치아처럼 시커멓지만 향기가 나고 구부러지고 반짝반짝하며, 그의 손길에 너무나 익숙해 그의 용모를 보충하는 물건이었다. 그는 꼼짝도 하지 않고 어떤 때는 벽난로의 불꽃에, 또 어떤 때는 맥주잔 위의 거품에 눈을 고정했다. 술을 마실 때마다 그는 만족스러운 표정으로 그의 길고 마른 손가락들을 기름 바른 긴 머리로 가져갔고, 그와 동시에 가장자리에 거품이 묻어 있는 코밑수염을 빨아들였다.

루아조는 다리가 저려서 풀어야겠다고 말한 뒤 그 마을 주류 소매상인들에게 포도주를 팔러 갔다. 백작과 기업가는 정치 이야기를 하기 시작했다. 그들은 프랑스의 미래를 예측했다. 한 사람은 오를레앙당을 굳게 믿었고, 다른 한 사람은 미지의 구원자, 모든 것이 절망적인 상태일 때 나타나는 영웅을 믿고 있었다. 뒤 게클랭이나 잔다르크 같은 사람이 아닐까? 아니면 또 하나의 나폴레옹 1세 같은 사람일까? 아, 황태자가 그렇게 어리지만 않았어도! 코르뉘데는 그들이 하는 말을 들으면서 이미 운명의 방향을 알고 있는 사람처럼 미소를 지었다. 그의 파이프에서 나오는 담배 연기는 부엌을 향기롭게 했다.

10시가 되자 드디어 폴랑비가 나타났다. 곧 그에게 질문이 퍼부어졌다. 그러나 그는 두세 번 똑같은 말만 되풀이할 수밖에 없었다.

"장교가 내게 이렇게 말하더군요. '폴랑비 씨, 내일 이 여행자들의 마차에 말을 달지 못하도록 하시오. 그들

은 내 명령 없이는 떠나지 못할거요. 알았소?' 라고요. 그
뿐이었습니다."

그래서 그들은 장교와의 면담을 요청했다. 백작이 그
에게 자기 명함을 보냈는데, 카레 라마동은 그 명함에 자
신의 이름과 모든 직함을 추가했다. 프로이센 장교는 점
심을 먹은 뒤 1시경에 두 사람의 면담을 허락한다는 회답
을 보냈다.

부인들이 다시 들어왔고, 사람들은 불안감을 억누르
며 천천히 식사했다. 비곗덩어리는 몸도 불편하고 마음
도 몹시 심란한 것 같았다.

커피를 마시자, 당번병이 남자들을 데리러 왔다.

루아조도 그들과 합류했다. 또 그들의 거동에 한층 장
중함을 부여하기 위해 코르뉘데를 데려가려고 애썼으나,
그는 프로이센인들과는 어떤 관계도 갖고 싶지 않다고
거만하게 선언했다. 그는 맥주를 한 병 더 주문하더니 벽
난로 옆의 자기 자리로 돌아갔다.

세 사람은 2층으로 올라가 여인숙에서 가장 좋은 방
으로 안내되었다. 안락의자에 누워 벽난로 위에 발을 올
려놓고 기다란 사기 파이프로 담배를 피우던 장교가 그
들을 맞이했다. 그는 요란한 색깔의 실내복으로 몸을 감

싸고 있었는데, 저속한 취미를 가진 어떤 부르주아의 빈집에서 훔친 게 틀림없었다. 그는 일어나지도 않았으며, 그들에게 인사를 하기는커녕 쳐다보지도 않았다. 전쟁에서 승리한 군인에게서 으레 볼 수 있는 비열한 짓의 훌륭한 본보기를 보여준 것이다. 어느 정도 시간이 지나자 드디어 백작이 입을 열었다.

"무슨 일이오?"

"우리는 이곳을 떠나고 싶습니다."

"안 됩니다."

"거절하는 이유를 말씀해주겠습니까?"

"총사령관께서 디에프에 도착할 수 있는 출발 허가증을 우리에게 교부해주셨다는 점을 고려하셨으면 합니다. 그리고 우리는 이런 가혹한 조치를 받을 만한 일을 전혀 하지 않았다고 생각합니다."

"내가 원하지 않소. 그뿐이오……. 물러가시오."

세 사람은 모두 허리를 굽혀 인사한 뒤 물러났다.

참담한 오후였다. 아무리 생각해도 프로이센인의 변덕을 도무지 이해할 수가 없었다. 엉뚱한 생각이 머릿속을 맴돌았다. 사람들은 모두 식당에 모여 온갖 상상을 하면서 끝없이 의견을 교환했다. 인질로 잡아두려는 것인지도 모른다. 그러나 무슨 목적으로? 포로로 데려가려는 걸까? 아니, 차라리 막대한 몸값을 요구하려는 것은 아닐까? 거기에 생각이 미치자 미칠 듯한 공포가 그들을 휘감았다. 가장 돈이 많은 사람이 가장 두려워했다. 그들의 목숨을 다시 사기 위해 이 무례한 군인의 손에 금화가 가득 든 자루를 쏟아부어야만 하는 자신의 모습이 벌써 보이는 듯했다. 그들은 자신들의 재산을 숨긴 채 가난한, 아주 가난한 사람으로 보이기 위해 둘러댈 그럴 듯한 거짓말을 찾아내려고 머리를 쥐어짰다. 루아조는 시곗줄을 풀어 주머니에 넣었다. 밤이 되자 불안한 마음이 더해갔다. 등불이 켜졌다. 저녁 식사를 하기까지는 아직 두 시간 정도 남아 있었다. 루아조 부인이 기분 전환 삼아 트럼프로 31점 게임을 하자고 제의했다. 사람들이 찬성했다. 코르뉘데까지도 예의상 파이프를 끄고 게임에 끼어들었다.

백작이 카드를 쳐서 돌렸다. 비곗덩어리가 단번에 31점을 만들었다. 곧 게임이 흥미진진하게 진행되어 머리에서 떠나지 않던 두려움이 잠시 가라앉았다. 그러나 코르뉘데는 루아조 부부가 서로 짜고 속임수를 쓰고 있음을 알아챘다.

식탁에 앉으려는데 폴랑비가 다시 나타났다. 그가 쉰 목소리로 말했다.

"프로이센 장교가 엘리자베트 루세 양이 아직도 생각을 바꾸지 않았는지 알아보라고 하더군요."

그 말을 들은 비곗덩어리는 핏기가 싹 가신 얼굴로 서 있었다. 그러다가 갑자기 얼굴이 새빨개지더니 너무 화가 난 나머지 숨이 막혀 제대로 말을 하지 못했다. 마침내 그녀가 말문을 터뜨렸다.

"그 비열한 자식, 그 더러운 인간, 그 프로이센 상놈에게 말하세요. 나는 절대로 그가 원하는 대로 하지 않을 거라고요! 알겠어요? 절대로, 절대로, 절대로 하지 않겠다고요!"

뚱뚱한 여인숙 주인이 밖으로 나갔다. 그러자 사람들이 비곗덩어리를 둘러싸고 물어보았다. 사람들은 비곗덩어리에게 어제 저녁 불려가서 무슨 일이 있었는지 알려 달라고 졸라댔다. 그녀는 완강히 거절했으나 곧 분노로 흥분해서 소리쳤다.

"그 작자가 원한 게 뭐냐고요? 그놈이 무엇을 바라느냐고요? 나랑 자고 싶다는 거예요!"

아무도 그녀의 말투에 기분 상해하지 않았다. 그만큼

분노가 컸던 것이다. 코르뉘데는 식탁 위에 맥주잔을 난폭하게 내려놓다가 깨뜨렸다. 비열한 깡패 같은 그 군인에 대한 비난의 아우성이, 분노의 한숨이, 그녀에게 강요된 희생의 일부분을 각자 요구라도 받은 양 저항을 위해 모두 단합했다. 백작은 그자들이 옛날의 야만인과 똑같은 식으로 행동한다고 불쾌해하며 말했다. 특히 부인들은 비곗덩어리에게 격렬하고도 다정한 동정을 표시했다. 식사할 때만 밖으로 나오던 수녀들은 머리를 숙인 채 아무 말도 하지 않았다.

그럼에도 그들은 처음의 분노가 가라앉자 저녁 식사를 하기 시작했다. 그러나 이야기는 거의 하지 않고 모두 생각에 잠겨 있었다.

저녁 식사가 끝나자 부인들은 일찌감치 물러갔지만, 남자들은 모두 담배를 피우면서 트럼프 판을 벌이고 폴랑비를 초대했다. 장교의 반대를 꺾을 수 있는 방법을 교묘하게 알아볼 요량이었다. 그러나 폴랑비는 손에 든 패에만 집중할 뿐 다른 말에는 귀도 기울이지 않았으며, 아무런 대답도 하지 않았다. 그는 "게임이나 합시다. 여러분, 게임이나."라는 말만 되풀이했다. 그는 게임에 너무 집중한 나머지 침 뱉는 것도 잊고 있었다. 그래서 이따금 그의 가슴에서는 그르렁거리는 오르간 소리가 났다. 씩 씩거리는 그의 폐는 낮고 깊은 음부터 어린 수탉의 새벽녘 울음처럼 날카롭고 쉰 소리까지, 천식 환자가 낼 수 있는 모든 음계를 다 내는 듯했다.

너무 잠이 와서 쓰러질 것 같은 부인이 그를 부르러 왔을 때도 폴랑비는 위층으로 올라가는 것을 거절할 정도였다. 그러자 그의 아내는 혼자 잠자리에 들었다. 그녀는 언제나 태양과 더불어 일어나는 '아침형'인 반면, 남편은 친구들과 함께 언제나 밤을 지새울 준비가 된 '저녁형'이었기 때문이다. 그는 아내에게 "설탕 우유나 불 앞에 놓아둬." 하고 소리를 지른 뒤 다시 게임을 시작했다. 그에게서 아무것도 알아낼 수 없다는 것을 깨달은 사람들은 이제 자러 가야겠다며 각자 잠자리로 돌아갔다.

이튿날, 사람들은 일찌감치 일어났다. 막연한 희망과 더욱 커져가는 떠나고 싶은 마음과, 이 끔직한 여인숙에서 또다시 하루를 보내야 할지도 모른다는 두려움을 가진 채 새날을 맞은 것이다.

그러나 어쩌랴! 말들은 여전히 마구간에 있었고, 마부는 보이지 않았다. 사람들은 하릴없이 마차 주위를 맴돌았다.

아침 식사를 하는 사람들의 표정은 침울하기만 했다. 하룻밤 자고 나면 좋은 생각이 떠오른다지만, 사람들의 생각이 약간 달라져 비곗덩어리에 대해 어떤 냉담함 같은 것이 생겼기 때문이다. 잠에서 깬 일행에게 깜짝 놀랄 선물을 주기 위해 스스로 프로이센 장교를 남몰래 찾아갔다면 얼마나 좋을까. 사람들은 이제 그렇게 하지 않은 창녀를 원망하고 있었다. 그보다 간단한 일이 어디 있겠는가? 게다가 누가 그걸 알겠는가? 장교에게도 일행의 난처한 입장을 딱하게 여겨서 찾아왔다고 말하면 체면도 차릴 수 있었을 것이다. 그녀로서는 그런 일이 그다지 어려운 것도 아니지 않은가!

그러나 아무도 그런 생각을 입밖에 꺼내지 않았다.

오후가 되어 사람들이 따분해 견딜 수 없게 되자 백작이 마을 주변을 산책하자고 제의했다. 난로 곁에 남겠다고 한 코르뉘데와 교회나 사제관에서 하루를 보내는 수녀들을 제외하고, 몇 안 되는 일행이 각자 정성 들여 몸을 감싸고 길을 나섰다.

나날이 심해지는 추위가 사정없이 코와 귀를 찔렀다. 발은 너무 아파서 한 걸음씩 뗄 때마다 고통스러웠다. 하얀 눈에 덮인 들판이 끝없이 나타나자 너무나 무시무시하고 음산하게 보여서, 사람들은 모두 얼어붙은 마음과 죄어드는 가슴으로 곧 돌아섰다.

네 여자는 앞으로 걸어갔고, 세 남자는 약간 뒤에서 따라갔다.

상황을 이해하고 있는 루아조가 갑자기 저 '매춘부'가 언제까지 우리를 이런 장소에 남아 있게 할 셈인가 하고 물었다. 여전히 여자에게 정중한 백작은 한 여자에게 그렇게 괴로운 희생을 강요할 수는 없으니, 스스로 가지 않으면 안 된다고 말했다. 카레 라마동은 만일 프랑스군이 자신들이 가려고 하는 디에프에서 반격을 개시한다면, 토트에서 전투가 벌어질 수밖에 없다는 것에 주목했다. 이 추론에 다른 두 사람은 초조해졌다.

"걸어서 달아나는 건 어떨까요?"

루아조가 말했다. 그러자 백작이 어깨를 으쓱했다.

"이 눈 속에 여자들을 데리고 가야 하는데 가능할 것 같소? 그래봤자 곧 추격을 당해 10분도 못 되어 잡힐 테고, 포로가 되어 군인들의 처분에 맡겨진 채 다시 끌려올 겁니다."

그건 사실이었다. 그래서 모두들 입을 다물었다. 부인들은 몸 치장에 관한 이야기를 했으나, 어쩐지 거북해서 서로 어울리지 못하는 것 같았다.

갑자기 길이 끝나는 지점에 장교가 보였다. 지평선까지 덮인 눈을 배경으로 키가 크고 허리가 잘록한 군복 차림이 뚜렷이 드러났다. 그는 정성스레 닦은 장화를 더럽히지 않으려고 애쓰는 군인들의 독특한 동작인 팔자걸음으로 걸어오는 중이었다.

그는 부인들 곁을 스쳐 지나가며 고개를 숙였지만, 남자들에겐 경멸의 시선을 보냈다. 남자들도 모자를 벗어 인사하지 않는 자존심을 보였으나, 루아조만은 모자를 벗는 시늉을 해 보였다.

비곗덩어리는 귀까지 빨개졌다. 결혼한 세 여자는 그 군인이 그렇게도 무례하게 취급했던 이 창녀와 함께 있는 것을 그에게 보인 것에 큰 모욕감을 느꼈다.

그때부터 사람들은 그에 대해, 그의 모습과 얼굴에 대해 이야기하기 시작했다. 장교들을 많이 알고 있고, 전문적인 안목으로 그들을 판단하는 카레 라마동 부인은, 그 장교가 꽤 괜찮다고 보고 그가 프랑스인이 아니라는 것을 애석해했다. 분명히 모든 여자들이 혹할 만큼 튼튼하고 멋진 경기병이 되었을 수도있기 때문이라는 것이었다.

일단 돌아오니 더 이상 무엇을 해야 할지 몰랐다. 하찮은 일에도 날카로운 말들이 오갔다. 저녁 식사는 말없이 곧 끝나버렸고, 잠자는 것으로 시간을 때우기 위해 각자 방으로 올라가 누웠다.

이튿날은 모두들 피곤한 기색과 함께 짜증 섞인 얼굴로 내려왔다. 여자들은 비곗덩어리에게 거의 말도 걸지 않았다.

종소리가 들려왔다. 세례식을 알리는 신호였다. 뚱뚱한 창녀에게는 이브토의 농부네 집에 양육을 맡긴 어린아이가 하나 있었다. 그녀는 자기 아이를 일 년에 한 번도 만나지 않았고 생각해본 적도 없었다. 그런데 지금 영세를 받으려는 아이를 생각하다가 자기 아이에 대해 갑작스럽고도 격렬한 애정이 솟구쳤다. 그래서 그녀는 꼭 세례식에 참석하고 싶어졌다.

그녀가 떠나자마자 사람들이 서로를 쳐다보면서 의자를 가까이 끌어당겼다. 이젠 모두 어떤 결정이든 내려야 한다고 판단했기 때문이다. 루아조가 기발한 생각을 해냈다. 장교에게 비곗덩어리만 남겨두고 다른 사람은 보내달라고 제의해보자는 의견이었다.

폴랑비가 다시 심부름을 맡았으나 올라가자마자 곧

내려왔다. 인간의 본성을 잘 알고 있는 그 프로이센인이 그를 내쫓아버린 것이다. 그는 자기 욕망이 충족되지 않는 한 모두 붙잡아두겠다고 했다.

루아조 부인의 천박한 기질이 폭발했다.

"하지만 이곳에서 늙어 죽을 수는 없어요. 어차피 아무 남자하고나 그 짓을 하는 게 직업이니까, 그 매춘부가 사람을 가려가며 거절할 권리는 없다고 생각해요. 그렇지 않나요? 루앙에서는 닥치는 대로, 마부까지도 받아들였잖아요! 네, 부인. 그 군청의 마부 말이에요! 그자를 잘 알지요. 우리집에서 술을 사는 사람이거든요. 지금 우리가 곤경에서 벗어날 수 있느냐 없느냐 하는 것이 문제인데 저렇게 얌전을 빼고 버티고 있는 게 말이나 됩니까? 내가 보기에는 그 장교가 예의 바르다고 생각해요. 그 사람은 오래전부터 여자 구경을 못했을 거에요. 아마 여기 있는 우리 세 사람이 더 마음에 들었을지도 모르죠. 그러나 아니에요. 그는 모든 사람에게 몸을 맡기는 여자로 만족한 거예요. 기혼녀를 존중하는 거지요. 한번 생각해보세요. 그는 정복자예요. '내가 원하는 일'이라고 말하면 그뿐이지요. 그리고 자기 병사들과 함께 강제로 우리를 겁탈할 수도 있다고요."

두 여자가 흠칫 몸을 떨었다. 예쁜 카레 라마동 부인의 눈에서 번쩍 빛이 났다. 이미 자신이 장교에게 겁탈당한 것 같은 느낌이 들어 얼굴이 약간 창백해졌다.

따로 모여 의논하던 남자들이 다가왔다. 난폭한 기질을 지닌 루아조는 '그 하찮은 여자'의 손발을 묶어 적에게 넘겨주기를 원했다. 그러나 삼대에 걸쳐 대사를 배출한 가문 출신인 데다 원래 외교관 기질을 타고난 백작은 교묘한 술책을 쓰자는 의견을 냈다.

"그 여자가 스스로 결심하도록 해야죠."

그래서 사람들은 음모를 꾸몄다.

여자들이 서로 다가앉으면서 목소리를 낮췄다. 저마다 자기 의견을 말했다. 어쨌든 매우 예의 바른 토론이었다. 특히 부인들은 진짜 외설스러운 화제를 입에 올리면서도 세련된 어법과 매혹적이고도 미묘한 표현을 찾아냈다. 외부 사람이라면 아무것도 이해할 수 없을 정도로 말에 신중을 기한 것이다. 그러나 그런 정숙함이라는 베일은 사교계 부인들 모두 사용하는 것이지만 표면만을 살짝 가리기 때문에 여인들은 사실 그런 외설스러운 모험에 마음이 들떴고, 천성에도 맞는 듯 너무나 즐거워했다. 마치 다른 사람의 저녁 식사를 준비하고 있는, 식도락을

즐기는 요리사의 관능으로 그들은 사랑을 요리하고 있었다.

즐거움이 절로 고조되었다. 급기야 마지막에 가서는 그런 이야기들이 너무나 재미있게 여겨질 정도였다. 백작이 좀 대담한 농담을 했지만, 이야기를 너무 잘해서 여자들이 미소를 지었다. 루아조도 자기 차례가 되자 더욱 노골적으로 음탕한 말을 꺼냈지만 아무도 기분 상해하지 않았다. 방금 전 그의 아내가 거칠게 표현한 그 생각이 모든 사람의 정신을 지배한 것이다.

"어차피 아무 남자하고나 그 짓을 하는 게 매춘부인데, 왜 사람을 가려가며 거절하는 거죠?"

우아한 카레 라마동 부인은 자기 같으면 다른 사람을 거절할 망정 그 장교는 거절하지 않겠다는 생각까지 하는 것 같았다.

요새를 공격하듯 모두들 오랫동안 포위 태세를 취했다. 그 살아 있는 성채로 하여금 적을 자기 품 안에 받아들이도록 하기 위한 공격 계획과 사용해야 할 계략, 그리고 기습 절차가 결정된 것이다.

코르뉘데만 따로 떨어져서는 그 일에 전혀 관여하지 않았다.

사람들은 정신을 온통 한 곳에만 집중했기 때문에, 비 곗덩어리가 들어오는 소리를 아무도 듣지 못했다. 그러 다가 백작이 낮은 소리로 "쉿!" 하고 신호를 보내자 모두 고개를 들었다. 그녀가 거기에 와 있었다. 모두들 갑자기 입을 다물었다. 어떤 당혹감이 그녀에게 말을 걸기가 어 색하도록 만들었던 것이다. 그러자 표리부동한 사교계에 익숙한 백작 부인이 그녀에게 물었다.

"세례식은 재미있었나요?"

아직도 감동이 가시지 않은 뚱뚱한 창녀는 사람들의 표정이나 태도, 그리고 성당의 모습까지 상세히 이야기 했다. 그러고는 덧붙였다.

"가끔 기도를 드리는 것도 참 좋네요."

점심때까지 부인들은 비곗덩어리에게 상냥하게 대하 는 것으로 그치고 더 나아가지는 않았다. 일단 그녀의 신 뢰를 얻은 뒤 자신들의 충고를 따르게 하기 위해서였다.

식탁에 앉자마자 공략이 시작되었다. 처음에는 자기 희생에 관한 막연한 얘기들을 꺼냈다. 사람들은 고사(古 史)를 인용했다. 쥐디트와 올로페른이 등장했고, 다음에 는 아무 이유 없이 뤼크레스와 섹스튀스가 화제에 올랐 으며, 클레오파트라가 적장들을 모조리 자기 침실로 끌어들여 노예처럼 복종하도록 한 이야기도 나왔다. 그러고는 이 무식한 백만장자들의 상상에서 피어난 황당무계한 이야기가 전개되었다. 로마의 여성들이 카푸에 가서 한니발과 그의 부관들, 그리고 외국인 용병을 품 안에서 잠들게 했다는 그런 이야기였다. 사람들은 그런 식으로 자신들의 몸을 싸움터 삼아 정복자들을 저지하고 지배하는 수단과 무기로 삼은 여인들, 흉악하거나 가증스러운 인간들을 영웅적인 애무로 굴복시키고 복수와 헌신에 자신의 순결을 희생한 여자들을 모두 인용했다.

끔찍한 전염병을 보나파르트에게 옮기기 위해 일부러 병균을 접종했으나, 보나파르트가 운명적인 밀회 시간에 갑자기 무력해져서 기적적으로 생명을 구했다는, 그 명문가 출신의 영국 여자에 대한 이야기까지 애매한 표현으로 등장했다.

이런 모든 얘기가 예의 바르고 절제 있게 전개되었으며, 가끔은 경쟁심을 자극하는 데 적합한 고의적인 찬탄이 터져나오기도 했다. 나중에는 이 세상에서 여자가 해야 할 유일한 역할은 영원한 자기 희생이고, 무뢰한들의 일시적인 욕정에 자기 육체를 계속 내맡기는 것이라는 생각이 들 정도였다.

두 수녀는 깊은 생각에 잠긴 채 조금도 듣고 있는 것 같지 않았다. 비곗덩어리는 아무 말도 하지 않았다.

사람들은 오후 내내 그녀가 생각하도록 내버려두었다. 그러나 지금까지 그래온 것처럼 '부인'이라고 부르는 대신 간단히 '아가씨'라고 말했다. 아무도 그 이유를 분명하게 알지는 못했으나, 마치 그녀가 올라갔던 존경의 자리에서 한 단계 내려가도록 해서, 그녀에게 수치스러운 자기 위치를 느끼게 해주고 싶었던 것 같다.

수프가 나왔을 때, 폴랑비가 다시 나타나 전날 한 말을 되풀이했다.

"프로이센 장교가 엘리자베트 루세 양에게 아직도 생각을 바꾸지 않았는지 알아보라고 하더군요."

비곗덩어리가 퉁명스럽게 말했다.

"그래요. 바꾸지 않았어요."

저녁 식사 때에는 연합전선이 약해졌다. 루아조는 어색한 말을 서너 마디 했다. 저마다 새로운 예를 찾아내려고 머리를 짜냈지만 헛수고였다. 그때 미리 생각한 것은 아니었겠지만, 기독교에 경의를 표하고 싶은 막연한 욕구를 느낀 백작 부인이 나이 많은 수녀에게 성인들의 생애에서 이룩된 위대한 업적에 대해 물었다. 많은 성인이 우리 눈에는 죄악으로 여겨지는 행동들을 범했지만, 신의 영광이나 이웃의 이익을 위해서 실행되었을 때 교회는 그 대죄들을 너그럽게 용서했다는 것이다. 그것은 강력한 논리였다. 백작 부인은 그것을 이용했다. 그러자 성직자의 옷을 입은 사람이면 누구나 갖고 있는 뛰어난 무언의 이해나 남에게 보이기 위한 비위맞춤에서였는지, 또는 단순히 행복한 무지의 소치이거나 기꺼이 돕는 어리석음의 결과였는지, 그 늙은 수녀는 이들의 음모를 훌륭하게 뒷받침해주었다. 그녀를 내성적인 사람으로만 생각했는데, 의외로 대담하고 수다스럽고 과격한 모습을 보였다. 그녀는 궤변으로 혼란에 빠지는 일이 없었다. 그녀의 이론은 철석같았고, 신앙은 결코 주저하는 법이 없었으며, 그녀의 양심에는 조금도 의구심이 들지 않았다. 그녀는 아브라함의 희생을 아주 간단한 일로 생각했다. 자기는 하늘에서 내려온 명령이라면 부모님이라도 당장에 죽일 수 있기 때문이라는 것이다. 그녀의 의견은, 칭찬할 만한 의도라면 어떠한 일도 주님의 마음에 들지 않는 바가 없다는 것이었다. 백작 부인은 기대하지도 않았던 이 공범자의 신성한 권위를 이용해 '목적은 수단을 정당화한다' 라는 격언을 알기 쉽고 교훈적으로 설명하게

끔 했다.

백작 부인이 늙은 수녀에게 물었다.

"그렇다면 수녀님, 동기가 순수하다면 하느님께서 모든 수단을 허용하시고 그런 행위를 용서하신다고 생각하나요?"

"누가 그것을 의심할 수 있겠어요, 부인? 그 자체로는 비난받을 만한 행위일지라도 어떤 생각으로 그러한 행동을 했는지에 따라 흔히 찬양할 만한 일이 되기도 하지요."

그렇게 여인들은 하느님의 의중을 간파하고, 어떤 판결을 내릴지 예측하며, 사실은 하느님과 그다지 관계없는 일들에까지 하느님을 끌어들이면서 이야기를 계속했다.

이 모든 것은 교묘하고도 신중하게 감춰졌다. 그러나 두건을 쓴 성녀의 한마디 한마디는 분노에 찬 창녀의 저항을 허물어뜨렸다. 그러고나서 대화의 주제가 약간 달라져 묵주를 늘어뜨린 그 수녀는 자기 교단의 수녀원과 수녀원장, 자기 자신과 곁에 있는 예쁜 수녀 생 니세포르에 관해 이야기했다. 그들은 병원에서 천연두에 걸린 수백 명의 병사들을 간호하라는 지시를 받고 르아브르로

가는 길이었다. 수녀는 비참한 환자들의 모습을 묘사했고, 천연두라는 병에 대해 자세히 말해주었다. 프로이센 장교의 변덕으로 이렇게 중도에서 붙들려 있는 동안, 어쩌면 자기네들이 구해낼 수 있을지도 모르는 수많은 프랑스 병사들이 죽어가고 있을 것이다! 군인들을 보살피는 것이 바로 그녀의 임무였다. 그녀는 크리미아, 이탈리아, 오스트리아에서도 활동했다. 그녀는 자신의 활동에 대해 이야기하다가 갑자기 자신이 군대를 쫓아다니며 전장의 소용돌이에서 부상병들을 그러모으고, 군기를 어긴 큰 덩치의 난폭한 군인들도 말 한마디로 대장보다 더 잘 순화시키는 그런 종군 수녀 중 한 사람이라는 것을 강조했다. 진정한 수녀 랑 탕 플랑의 구멍이 무성한 주름투성이 얼굴은 전쟁이 남긴 황폐한 모습과도 같았다.

그녀가 말을 끝냈지만, 어느 누구도 입을 열지 않았다. 그만큼 그 효과는 훌륭했다.

식사가 끝나자마자 사람들은 곧 침실로 올라가서는 이튿날 아침 늦게까지 내려오지 않았다.

점심 식사는 조용히 끝났다. 사람들은 전날 뿌린 씨앗에 싹이 트고 열매가 맺기를 기다리고 있었다.

백작 부인이 오후에 산책을 하자고 제의했다. 그래서

미리 계획된 대로 백작은 다른 사람들의 뒤에서 비곗덩어리의 팔을 잡고 그녀와 함께 걸었다.

백작은 그녀에게 친밀하고 아버지 같은, 그러나 어느 정도 사회적 지위가 있는 남자들이 창녀에게 사용하는 약간 깔보는 듯한 말투로 이야기하면서 그녀를 '아가씨'라고 불렀고, 자신의 높은 사회적 지위와 이론의 여지가 없는 명망으로 그녀를 다루었다. 그는 곧 문제의 핵심으로 파고들었다.

"그러니까, 보자. 프로이센군이 실패하게 되면 뒤따르게 될 모든 폭력 행위에 당신과 마찬가지로 우리도 위험에 처하게 될 텐데, 그래 당신은 당신 생활에서 그렇게도 흔히 했던 환심을 사려는 마음으로 승낙하기보다 오히려 우리를 여기에 잡아두게 하는 것이 좋다는 말이오?"

비곗덩어리는 아무런 대답도 하지 않았다.

백작은 그녀를 다정함으로, 이성적인 논리로, 감정적인 호소로 달랬다. 여전히 '백작 각하'로 남아 있으면서도, 필요한 경우에는 온갖 친절을 베풀고 아첨을 해 마침내 상냥해질 줄도 알았던 것이다. 그녀가 자신들에게 베풀 수 있는 봉사를 찬양하고, 자기들이 고마워할 것에 대

한 이야기도 했다. 그러다가 갑자기 쾌활하고 친근하게
말했다.

"그리고 이봐요. 그자는 자기 나라에서 좀처럼 만나
기 어려운 미인을 맛보았다며 자랑하고 다닐지도 모르잖
소."

비곗덩어리는 아무런 대꾸도 하지 않고 다른 일행에
합류했다.

그녀는 돌아오자마자 자기 방으로 올라가 다시 나타
나지 않았다. 사람들의 불안감이 극에 달했다. 그녀는 어
떻게 할 것인가? 그녀가 계속 거절한다면 얼마나 난처해
질 것인가! 저녁 식사 시간을 알리는 종이 울렸다. 사람
들은 그녀가 내려오기를 기다렸으나 허사였다. 그때 폴
랑비가 들어와 루세 양은 몸이 불편하니 먼저 식사하시
라고 말했다고 알려주었다. 그 말에 모두 귀를 쫑긋 세웠
다. 백작이 여인숙 주인에게 다가가 낮은 목소리로 물었
다.

"됐소?"

"예."

백작은 예의상 아무에게도 말하지 않고 그저 머리만
가볍게 끄덕여 보였다. 곧 안도의 긴 한숨이 모든 사람의

입에서 새어나왔다. 얼굴에는 기쁜 빛이 역력했다. 루아
조가 큰 소리로 말했다.

"잘됐어! 이 집에 샴페인이 있으면 내가 사지."

그러나 주인이 정말 샴페인 네 병을 들고 돌아오는 것
을 본 루아조 부인은 고민이 되었다. 모두들 갑자기 수다
스러워지고 떠들썩해졌다. 외설스러운 기쁨이 가슴에 가
득 찼던 것이다. 백작은 카레 라마동 부인에게 찬사를 보
냈다. 이야기는 활기차고 명랑했으며, 독설로 가득했다.

갑자기 루아조가 근심스러운 표정을 지으며 두 팔을
번쩍 들어올렸다.

"조용히!"

루아조가 고함을 질렀다. 그 말에 기겁할 정도로 깜짝
놀란 사람들은 모두 입을 다물었다. 그러자 루아조는 두
손으로 '쉿!' 하는 시늉을 하면서 귀를 쫑긋 세우고는 천
장을 올려다보았다. 다시 귀를 기울이더니 평상시의 목
소리로 말했다.

"안심들 하세요. 일이 잘 돼가고 있습니다."

얼른 이해가 가지 않는 듯했으나, 곧 얼굴에 미소가
떠올랐다. 15분쯤 뒤, 그는 다시 똑같은 익살을 떨기 시
작했고 저녁 내내 몇 번이나 되풀이했다. 그는 위층의 누

군가에게 말을 거는 듯한 시늉을 하면서, 영업 사원의 기질에서 나오는 이중적인 성격을 드러내는 말을 했다. 가끔 슬픈 표정을 지으며 한숨을 내쉬고는 "불쌍한 처녀!"라고 말하는가 하면, 화가 난 표정으로 이를 악물고는 "거지 같은 프로이센 놈아, 꺼져라!" 하고 중얼거리기도 했다. 이따금, 그러니까 모두들 더 이상 그 생각을 하지 않고 있을 때, 그는 떨리는 목소리로 몇 번이고 "이제 그만! 그만하라니까!" 하고 말했다. 그러고는 혼잣말을 하듯 덧붙였다.

"그녀를 다시 볼 수 있으면 좋으련만, 그 비열한 인간이 그녀를 죽이지 않아야 할 텐데!"

이런 농담들은 역겨운 취미에 속했으나 모두들 재미있어 했으며 아무도 모욕감을 느끼지 않았다. 다른 것과 마찬가지로 분노 역시 환경에 좌우되며, 또한 그들 주위에 서서히 조성된 분위기는 외설스러운 생각들로 가득했기 때문이다.

식사가 끝난 뒤에는 여자들까지도 재치 있고 조심성이 있는 암시를 했다. 사람들의 눈동자가 반짝거렸다. 샴페인을 많이 마신 탓이었다. 탈선하는 와중에도 큰 인물처럼 보이는 근엄한 태도를 유지하던 백작은 '극지에서

난파당해 얼음에 갇혀 있던 선원이 겨울이 지나 남쪽을 향하는 길이 열리는 것을 보면서 느낀 기쁨'이라는 훌륭한 비유를 떠올렸다. 루아조가 손에 샴페인 잔을 들고 일어섰다.

"우리의 해방을 위해, 건배!"

모두 자리에서 일어나 그에게 갈채를 보냈다. 두 수녀도 부인들의 권유에 못 이겨 한 번도 맛본 적 없는, 거품이 이는 술로 입술을 적셨다. 그녀들은 이것이 레몬사이다와 비슷하면서도 고급스럽다고 말했다.

루아조가 상황을 요약했다.

"피아노가 없어 카드릴(4인조 무도곡—옮긴이) 한 곡 칠 수 없으니 안타깝군."

코르뉘데는 한마디도 하지 않았으며, 몸짓 한 번 하지 않았다. 그는 깊은 생각에 빠져 있는 듯했다. 그러면서 간혹 울화가 치밀어오르는 듯한 손짓으로 자신의 긴 수염을 더 길게 잡아당겼다. 마침내 자정 무렵이 되어 사람들이 각자 방으로 돌아가려 할 때, 비틀거리던 루아조가 갑자기 코르뉘데의 배를 툭 치면서 알아듣기 힘든 만큼 빠르게 말했다.

"오늘 밤엔 난봉을 피울 수 없겠군요. 당신 말이오, 당신. 왜 아무 말도 하지 않나요, 동지?"

그러자 코르뉘데가 갑자기 고개를 쳐들더니, 무섭게 번쩍이는 눈빛으로 그 자리에 있는 사람들을 훑어보았다.

"여러분 모두에게 말하는데, 당신네들은 수치스러운 짓을 저질렀소!"

그는 일어나서 문이 있는 데로 가더니 다시 한번 말하고는 나가버렸다.

"수치스러운 짓을!"

찬물을 뒤집어쓴 것처럼 분위기가 싸늘해졌다. 루아조는 잠시 말문이 막혀 멍청하게 있었지만, 이내 침착함을 되찾고는 갑자기 자지러지게 웃으면서 다음과 같은 말을 되풀이했다.

"그건 너무 시다네, 여보게. 그건 너무 시어."*

사람들이 그 말을 제대로 이해하지 못하자, 그는 지난밤 목격한 '복도의 비밀'에 대해 이야기했다. 그러자 엄청난 즐거움이 다시 계속되었다. 부인들은 미칠 듯이 재

*라퐁텐의 우화 〈여우와 포도〉에 나오는 말. 배고픈 여우가 포도를 따먹으려 했으나 앞발이 닿지 않아 먹을 수 없게 되자 분한 마음에 아직 덜 익어서 실 거라고 한 말을 암시한 말.

미있어 했다. 백작과 카레 라마동은 너무 웃어서 눈물이
날 지경이었다. 그들은 믿을 수가 없었다.

"어떻게 이럴 수가! 확실하오? 그 사람이 그런 짓을
하려 했다는 것이……."

"제가 직접 봤다니까요."

"그런데 그녀가 거절했고……."

"프로이센 장교가 옆방에 있었기 때문이죠."

"그럴 리가!"

"맹세한다니까요."

백작은 숨이 찼다. 기업가는 두 손으로 배를 눌렀다.
루아조가 말을 이었다.

"그래, 이제 아셨겠지만, 오늘 밤 그 사람은 그녀의 일
을 재미있게 생각하지 않았단 말이오, 전혀 아닐 겁니다."

세 사람은 모두 배가 아프고 숨이 가빴으나, 기침을
하면서 다시 웃기 시작했다.

그러고는 모두 제각각 방으로 돌아갔다. 본성이 쐐기
풀 같은 루아조 부인은 잠자리에 들면서 남편에게 '그 새
침데기' 인 자그마한 카레 라마동 부인이 저녁 내내 쓴웃
음을 지었다고 알려주었다.

"당신도 알죠? 여자들이란 한번 군복 입은 사람에게

미치면 프랑스 사람이든 프로이센 사람이든 가리지 않는다잖아요. 하느님 맙소사, 진짜 한심한 일이에요!"

그리고 밤이 새도록 어두운 복도에서는 거의 감지되지도 않는, 숨소리 비슷한 가벼운 소리와 맨발이 가볍게 스치는 소리, 미세한 삐걱거리는 소리가 전율처럼 들려왔다. 가느다란 불빛들이 오랫동안 문 밑으로 새어나온 것을 보면, 사람들이 아주 늦게 잠든 것이 분명했다. 샴페인은 그런 효과가 있으며, 가끔은 수면을 방해한다.

이튿날, 투명하게 반짝이는 태양이 하얀 눈을 눈부시게 빛내고 있었다. 마침내 말이 매어 있는 승합마차가 문 앞에서 기다리고 있었다. 그러는 동안 한 무리의 흰 비둘기가 빽빽한 깃털 속에 머리를 뒤로 젖힌 채 가슴을 앞으로 내밀고는 한가운데에 검은 점이 있는 장밋빛 눈을 반짝이며, 여섯 마리 말의 다리 사이로 조용히 돌아다니면서 김이 모락모락 나는 말똥을 파헤쳐 먹이를 찾고 있었다.

양가죽으로 몸을 감싼 마부는 자리에 앉아 파이프 담배를 피웠다. 만면에 미소를 머금은 여행객들은 남은 여행을 위해 음식물을 분주히 싸고 있었다.

모든 준비를 마치고 비곗덩어리를 기다리는데, 그녀

가 모습을 드러냈다.

그녀는 약간 당황하는 것 같았으며, 부끄러운 듯 머뭇
거리면서 일행 쪽으로 다가갔다. 사람들 모두 일시에 같
은 동작으로 마치 그녀를 알아보지 못한 것처럼 얼굴을
돌렸다. 백작은 품위 있게 아내의 팔을 잡고 불결한 접촉
으로부터 그녀를 보호했다.

뚱뚱한 창녀는 어리둥절해서 걸음을 멈췄다. 그러고
는 용기를 끌어모아 공장 주인의 아내에게 다가가서 "안
녕하세요, 부인." 하고 공손하게 속삭였다. 상대방은 정
절에 모욕을 받은 듯한 눈빛으로 고개만 건성으로 끄덕
거렸다. 사람들은 모두 분주한 듯했고, 마치 그녀가 치마
속에 전염병이라도 가져온 것처럼 멀찍이 떨어졌다. 그
러고는 서둘러 마차가 있는 쪽으로 걸어갔다. 외톨이가
된 그녀는 맨 마지막으로 마차에 올라 처음 올 때 앉았던
자리를 말없이 앉았다.

모두들 그녀를 쳐다보지도 않았으며, 아는 척도 하지
않았다. 그러나 루아조 부인은 멀리서 몹시 분개한 듯 그
녀를 바라보면서, 자기 남편에게 작은 목소리로 말했다.

"저 여자 옆에 앉지 않은 게 다행이에요."

묵직한 마차가 덜컹거리며 여행이 다시 시작되었다.

처음에는 아무도 이야기를 하지 않았다. 비곗덩어리는 고개를 들 엄두도 못 내고 있었다. 그러면서도 그녀는 옆에 있는 사람들에게 분노를 느꼈다. 뜻을 굽히고 굴복했다는 것에 모욕감을 느꼈으며, 그들이 위선적으로 자신을 프로이센 장교의 품에 내던져 그의 애무로 자신의 몸이 더럽혀졌다고 생각했다.

백작 부인이 카레 라마동 부인 쪽으로 몸을 돌려 견디기 힘든 침묵을 깨뜨렸다.

"데트렐 부인을 아시죠?"

"네, 제 친구인걸요."

"참 매력적인 여성이에요!"

"매혹적이지요! 정말 훌륭한 천성에 교육도 많이 받았고, 손가락 끝까지 예술적이지요. 황홀할 정도로 노래를 잘 부르고. 그림 솜씨도 뛰어나답니다."

공장 주인은 백작과 이야기를 나누었다. 유리창이 덜그럭거리는 사이사이에 이따금 '배당권…… 지불 기한 …… 프리미엄…… 만기'라는 말들이 들렸다.

루아조는 여인숙에서 훔친 낡은 카드 한 벌로 아내와 베지그놀이를 하기 시작했다. 잘 닦지도 않은 테이블 위에서 5년 동안이나 문질러 기름때가 묻은 카드였다.

두 수녀는 허리에 늘어뜨린 긴 묵주를 들고 함께 성호를 그었다. 그러고는 갑자기 입술을 활발히 움직이기 시작하더니 점점 더 빨리 서두르며, 마치 기도하기 시합이라도 하듯 모호한 중얼거림을 계속했다. 그러다가 이따금 성패에 입을 맞추고 한번 더 성호를 그은 다음, 빠르고도 계속적인 중얼거림을 다시 시작했다.

코르뉘데는 꼼짝도 하지 않고 생각에 잠겨 있었다.

세 시간쯤 길을 달린 후 루아조는 카드를 한데 모으면서 "배가 고픈데" 하고 말했다.

그러자 그의 아내가 끈으로 묶은 꾸러미로 손을 가져가더니 찬 송아지 고기 한 조각을 꺼냈다. 그것을 얇고 단단한 조각으로 적당히 절라 둘이서 먹기 시작했다.

"우리도 그렇게 할까요?"

백작 부인이 말하자 모두 동의했다. 그녀는 두 부부를 위해 준비한 음식물 보따리를 풀어놓았다. 음식은 산토끼고기파이가 안에 들어 있다는 것을 표시하기 위해 사기로 만든 산토끼 조각이 뚜껑에 달린 길쭉한 그릇 하나에 들어 있었다. 하얀 기름이 불치 고기의 거무스름한 살을 가로지르는 맛좋은 돼지고기 삼겹살 햄도 얇게 썬 다른 고기와 섞여 있었다. 신문지에 싸서 가져온 질 좋고

네모난 그뤼에르 치즈도 있었는데, 그 미끈거리는 덩어
리 위에는 '사건 사고'라는 글자가 찍혀 있었다.

두 수녀는 마늘 냄새가 나는 둥근 소시지 조각을 펼쳐
놓았다. 코르뉘데는 커다란 외투 주머니에 두 손을 한꺼
번에 쑤셔넣더니 한손으로 삶은 달걀 네 개를, 다른 손으
로는 빵 한 덩어리를 꺼냈다. 그러고는 달걀 껍데기를 벗
겨 발밑의 짚 속에 던진후 달걀을 입에 넣고 먹기 시작했
다. 그의 덥수룩한 수염 위로 노란 빛이 나는 작은 조각
들이 떨어져, 마치 그 속에 별이 박힌 것 같았다.

비곗덩어리는 서둘러야 했고, 또 당황해서 음식 생각
은 미처 하지 못했다. 그녀는 분노로 숨이 막히고 화가
치밀어 태연하게 음식을 먹고 있는 사람들을 노려보았
다. 처음에는 끓어오르는 울분에 몸을 부르르 떨었다. 그
래서 그들이 한 것에 대해 늘어놓을 욕설들이 목구멍까
지 치밀어 올라와 입을 열었지만, 흥분으로 목이 막혀 말
을 할 수가 없었다.

아무도 그녀를 쳐다보지 않았으며, 신경도 쓰지 않았
다. 그녀는 이 점잖은 파렴치한들이 자신을 경멸하고 있
다는 것을 알아챘다. 자기를 희생시키고는 마치 불결하
고 쓸모없는 물건처럼 내던진 것이다. 그러자 그녀의 생

각은 이들이 게걸스럽게 모조리 먹어치운, 맛있는 음식이 가득 들어 있던 자신의 커다란 바구니에 미쳤다. 젤리를 바른 반지르르한 두 마리의 영계, 파이, 배, 네 병의 보르 도산 포도주가 생각난 것이다. 그와 더불어 팽팽한 끈이 끊어져버린 것처럼 갑자기 분노가 사라지고 울고 싶어졌 다. 그녀는 어린아이처럼 안간힘을 다해 온몸에 힘을 주 어 오열을 삼켰다. 그러나 눈물이 솟아올라 눈가장자리 에서 반짝이더니, 이내 굵은 방울이 되어 양 볼 위로 천천 히 흘러내렸다. 뒤이어 마치 바위에서 스며져 나오는 물 방울처럼 두 줄기 눈물이 더욱 빠르게 흘러내려 가슴의 포동포동한 곡선 위로 규칙적으로 떨어졌다. 그녀는 사 람들이 자기를 바라보지 않기를 바라면서 눈을 똑바로 뜨고는 굳어버린 창백한 얼굴로 꼿꼿이 앉아 있었다.

그러나 백작 부인이 그것을 알아채고 남편에게 몸짓 으로 알렸다. 백작은 어깨를 으쓱했다. 마치 '어쩌란 말 이오. 내 잘못도 아니잖아' 하고 말하는 것 같았다. 루아 조 부인은 미소를 지으며 중얼거렸다.

"부끄러워서 우는 거예요."

두 수녀는 남은 소시지를 종이에 말아놓은 뒤 다시 기 도를 드리기 시작했다.

그때 달걀을 먹어치운 코르뉘데가 맞은편 의자 밑으로 긴 다리를 뻗은 뒤 몸을 뒤로 젖혀 팔짱을 끼고는, 짓궂은 장난을 막 생각해낸 사람처럼 미소를 지으며 휘파람으로 프랑스 국가*를 부르기 시작했다.

모두들 안색이 창백해졌다. 그 민중의 노래가 옆 사람들에게 유쾌하지 않았던 것이 틀림없었다. 사람들은 신경질과 짜증이 나서, 마치 핸들을 돌려 연주하는 오르간 소리를 들은 개들처럼 막 울부짖고 싶은 표정을 지었다.

그는 그것을 알아채고도 그만두지 않았다. 이따금 그

---

*프랑스 국가 : 라마르세예즈(La Marseillaise). 작사 및 작곡자는 공병장교 루제 드 릴(Rouget de Lisle)이다. 1792년 4월 프랑스가 오스트리아를 상대로 선전포고를 했다는 소식을 듣고 스트라스부르의 숙소에서 하룻밤 사이에 가사와 멜로디를 썼다고 기록하고 있다. 대의大意는 "일어서라 조국의 젊은이들, 영광의 날은 왔다. (중략) 자아, 진군이다. 놈들의 더러운 피를 밭에다 뿌리자"이다. 가사는 라인 강변으로 출정하는 용사들의 심경을 그린 것으로 노래라기보다는 절규에 가깝다. 그러나 밝은 선율이 평범하고 호전적인 가사를 완전히 살리고 있어 곧 도처에서 불리게 되었다. 정식 국가로서 채택된 것은 1879년의 일이다. '라마르세예즈'라는 노래제목은 당시 전국에서 파리로 모여든 의용군 중 마르세유로부터 온 일단이 이 노래를 부르면서 파리로 진군해온 데 연유하며, '마르세유 군단의 노래'라는 뜻을 가지고 있다.

나아가자 조국의 아이들이여 // 드디어 영광의 날이 도래했도다! // 우리의 적 압제자의 // 피 묻은 깃발이 일어났다. // 피 묻은 깃발이 일어났다. // 들판의 소리가 들리는가? // 저 흉폭한 적군들이 고래고래 고함치는 것이 // 그들이 우리의 코 앞까지 온다. // 우리의 아들들과 아내들의 목을 베기 위해서. //
(후렴) 무기를 들어라, 시민들이여! // 대열을 갖추자! // 행군하자, 행군하자! // 저들의 더러운 피가 // 우리의 밭고랑을 적시도록!

는 떨리는 소리로 노래를 부르기조차 했다.

신성한 나라 사랑이여,
인도하라. 붙들어다오, 복수하는 우리 팔을.
자유여, 소중한 자유여.
너희의 수호자와 함께 싸워라!

길에 쌓인 눈이 단단해짐에 따라 마차가 달리는 속도
는 더욱 빨라졌다. 기복이 심한 길을 달려 디에프에 이르
는 그 오랜 시간의 음울한 여정 동안, 밤이 내린 마차 안의
깊은 어둠 속에서 코르뉘데는 잔인한 고집으로 단조로운
복수의 휘파람을 계속 불어댔다. 그래서 지치고 역정이
났지만 사람들은 어쩔 수 없이 그 노래를 처음부터 끝까
지 들으며 박자마다 가사 하나하나를 상기해야 했다.
비곗덩어리는 여전히 울고 있었다. 어둠 속에 울려퍼
지는 노래 사이로 억제할 수 없는 흐느낌이 이따금 새어
나왔다.

옮긴이의 말

　모파상(Guy de Maupassant)은 여전히 프랑스 사람들의 가슴에 살아 있다. 친근한 일상에서 각양각색 인간의 위약함과 허점, 위선을 특유의 재치로 그려내고 있기에 그러하다. 마치 독일에 괴테가, 영국에 셰익스피어가 살아 있듯이 말이다. 우리들은 '오랜 시간 동안 변함없이 사랑할 수 있을까?'나 '행복을 어떻게 정의할 수 있을까?'와 같은 지고한 사랑이나 행복에 관해 오늘날에도 끊임없이 이야기한다. 이 주제는 바로 모파상의 소설의 주제이기도 하다. 삶에 대한 열정을 가졌던 그는 자신의 글을 통해 "우리의 인생이란 남들이 생각하는 것처럼 그렇게 행복한 것도 불행한 것도 아니다."라고 이야기하고 있다. 황혼 녘의 우수가 사람들의 어조를 느릿하게 만들 때 우리는 이 주제에 대해 새삼 동요되어 이야기하며 마음을 어지럽히는 추억에 빠져들기도 한다.

번역일로 다시 만나게 된 모파상의 글은 내게 생생한 지난날의 추억을 돌아보게 했다. 마치 프루스트의 『잃어버린 시간을 찾아서(À la recherche du temps perdu)』에서 어느 추운 겨울날, 마르셀이 홍차에 마들렌 과자를 적셔 먹는 순간 극도의 희열감에 빠져 죽은 듯이 보였던 콩브레의 레오니 숙모네 집에서 보낸 어린 시절의 기억에서 마을 주변에 뻗은 두 산책로의 기억이 기적처럼 되살아나듯 말이다.

대학 1학년 때 옆 학교 연극반에서 공연하던 〈비곗덩어리(Boule de suif)〉를 보며 인간의 위선과 양면성, 근시적 안목 등을 주제로 토론을 벌였던 기억, 몽생미셸을 '돌로 만들어낸 불꽃놀이, 화강암으로 짜놓은 레이스, 거대하고도 섬세한 걸작 건축물'로 묘사한 〈몽생미셸의 전설〉에서 몽생미셸 성당으로 오르는 좁은 골목길과 넓디넓은 해안, '풀라르 어머니' 식당의 오믈렛 등 그의 글을 읽으며 감미로운 행복감을 느끼기도, 심각한 후회로 가

습이 무거워지기도 한다. 이는 오직 나만의 특별한 경험
은 아닐 듯싶다. 모파상의 글의 주인공들은 바로 나와 내
주변의 사람을 이야기하고, 우리 모두의 삶의 단상을 보
여주기 때문이다. 뛰어난 통찰력으로 인간의 본질에 대
해 신랄하게 조명한 그의 글은 우리 모두 한 번쯤 겪었을
법한 이야기이기에 우리는 더 큰 감동을 받고 오랫동안
행복하기도 한 것이다. 이것이 바로 모파상 소설의 매력
이자 그의 위대함이 아닐까 싶다.

최내경

작가에 대하여

생애

　사실주의의 대표적 작가의 한 사람인 기 드 모파상 (Guy de Maupassant)은 노르망디의 미로메닐 출생이다. 아버지 귀스타브 드 모파상은 로렌 지방 가문 출신인데 18세기부터 노르망디 지방에 정착했다. 어머니 로르 르 푸아트뱅의 오빠가 플로베르의 절친한 친구였다. 모파상의 부모는 계속되는 불화로 인해 1860년 헤어졌고, 모파상은 어머니, 동생과 함께 노르망디의 에트르타에서 자란다. 1868년 루앙에 있는 고등학교에 들어갔고, 자주 플로베르의 집을 방문하면서 그의 가르침을 받게 된다. 플로베르는 모파상을 졸라, 위스망스, 도데 등 당대의 위대한 문인들에게 소개한다. 1869년부터 파리에서 법률 공부를 시작하였으나, 1870년에 프로이센-프랑스 전쟁(보불전쟁)이 일어나자 학업을 중단하고 군에 지원·입대하였다. 전쟁 후에 심한 염전사상(厭戰思想)에 사로잡혔는데, 이것이 문학 지망의 결의를 굳히는 동기가 되었다.

1872년 아버지의 도움으로 해군성, 문부성에 취직, 생계를 유지하면서 어머니의 어릴 때부터의 친구인 귀스타브 플로베르에게서 직접 문학 지도를 받았다. 1874년 플로베르의 소개로 에밀 졸라를 알게 되었고, 또 파리 교외에 있는 졸라의 저택에 자주 모여 문학을 논하던 당시의 젊은 문학가들과도 사귀었다.

1875년 처음으로 지역신문에 단편 「박제된 손」을 발표한다. 1880년 졸라는 모파상, 위스망스 등을 포함한 6명의 젊은 작가들이 쓴, 프로이센·프랑스 전쟁에서 취재한 단편집 『메당의 저녁 나절들(Les soirée de Médan)』을 간행한다. 메당은 졸라의 저택이 있던 곳으로, 이곳에 모인 6명의 문인 중 위스망스는 작품집 이름을 『희극적 침략(Invasion comique)』으로 하자고 제안했지만 당시 평단을 의식해서 『메당의 저녁 나절들』이라는 중성적 이름을 택하게 된다. 모파상은 여기에 「비곗덩어리」를 실어 날카로운 인간 관찰과 짜임새 등에서 어느 작품보다도 뛰어나 사람들의 주목을 끌었으며, 문단 데뷔를 확고히 하였다.

1883년에는 장편소설 『여자의 일생』을 발표하였는데, 이 소설은 선량한 한 여자가 걸어가는 환멸의 일생을 염세주의적 필치로 그려낸 작품으로서 그의 명성을 높였을 뿐 아니라, 플로베르의 『보바리 부인』과 함께 프랑스 사실주의 문학이 낳은 걸작으로 평가되고 있다.

모파상의 재능을 인정하면서도 그의 단편에 나타나는 외설적인 묘사가 지나치게 자연주의적 경향으로 흐르고 있음을 못마땅하게 여기던 톨스토이도 이 작품에 대해서는 찬사를 아끼지 않았다. 모파상은 이미 27세경부터 신경질환을 자각하고 있었으나, 이러한 증세로 고통을 겪으면서도 불과 10년간의 문단 생활에서 단편소설 약 300편, 기행문 3권, 시집 1권, 희곡 몇 편, 그리고 『죽음처럼 강하다』(1889년), 『우리들의 마음』(1890년) 등의 장편 소설을 썼다.

다작으로 인한 피로와 복잡한 여자관계로 지병인 신

경질환이 더욱 악화되어 1892년 1월 2일 니스에서 자살을 시도하기까지 하였다. 그 후 파리 교외의 정신병원에 수용되었다가 정신 발작을 일으켜 이듬해 7월 6일 43세의 나이로 삶을 마쳤다.

『비곗덩어리』를 발표하여 문단에 혜성같이 나타난 모파상의 작품은 되도록 주관을 배격하여 사실 그대로의 인생 모습을 허식 없이 간결한 문체를 많이 사용한 것이 특징이었다.

작품 세계

그의 작품은 일반적으로 표면적 · 물질적이어서 깊은 정신면이 부족하다고 하지만, 무감동한 문체를 통해서 일관한 감수성과 고독감은 인생의 허무와 싸우는 그의 불안한 영혼을 나타내고 있다.

모파상의 작품들에는 몇 가지 특징이 있다. 무감동적인 문체의 사용, 이상 성격자나 염세주의적 인물의 등장 등이다. 이러한 특징은 모파상 자신의 생애와 아주 무관하지는 않아 보인다. 그는 환상 단편들처럼 복잡하고 기이한 인생을 살았는데, 27세에 이미 신경질환을 자각하

고 있었다고 한다. 그의 이야기에서는 전체적으로 이상
한 고독감을 느낄 수 있는데, 예를 들어 환상 단편 『오를
라』의 등장인물이 겪는 고독과 불안, 그리고 그런 심리
상태를 형상화한 문체가 비단 등장인물만의 것이 아니라
는 점을 엿볼 수 있다.

옮긴이 **최내경**

불어 전문번역가. 이화여자대학교 불어불문학과를 졸업했다. 서강대학교에서 불어학 석사학위와 박사학위를 받았다. 지금은 서경대학교 교수로 재직중이며, 서강대학교, 삼육대, 덕성여대 등에서 프랑스어와 프랑스 문화에 대해 강의를 하고 있다. 지은 책으로는 《파리 예술 카페 기행》 《고흐의 집을 아시나요》 《프랑스 문화 읽기》 《어느 일요일 오후》 《바람이 좋아요》 등이 있다.

옮긴 책으로는 《별》 《어린 왕자》 《여자의 사랑이 남자를 바꿀 수 없다》 《부자뱅이, 가난뱅이》 《샤를 페로가 들려주는 프랑스 옛이야기》 《인상주의》 《나는 죽을 권리를 소망한다》 《사랑할 땐 사랑한다고 말하자》 등이 있다.

비곗덩어리

1판 1쇄 인쇄 2017년 4월 20일
1판 2쇄 발행 2017년 11월 15일

지은이 기 드 모파상
옮긴이 최내경
펴낸이 김현정
펴낸곳 도서출판리수

등록 제4-389호(2000년 1월 13일)
주소 서울시 성동구 행당로 76 110호
전화 2299-3703
팩스 2282-3152
홈페이지 www.risu.co.kr
이메일 risubook@hanmail.net

ⓒ 2017, 도서출판리수
ISBN 979-11-86274-25-5 03860

※책값은 뒤표지에 있습니다.
※잘못 제본된 책은 바꾸어 드립니다.
※이 도서의 국립중앙도서관 출판시도서목록(CIP)은 서지정보유통지원시스템 홈페이지 (http://seoji.nl.go.kr)와 국가자료공동목록시스템(http://www.nl.go.kr/kolisnet)에서 이용하실 수 있습니다. (CIP제어번호 : CIP2017008582)